La Maga
En inre resa

Carola Castillo

La Maga
En inre resa

Svensk översättning: Marie Fridolf
Korrektur: Agnes Velander, Joyce Kirk,
Lotta-Karin Klinton och Monique
Larsson

ISBN 978-1-943083-13-8
ISBN 978-1-943083-12-1 (ebook)

www.carolacastillo.com

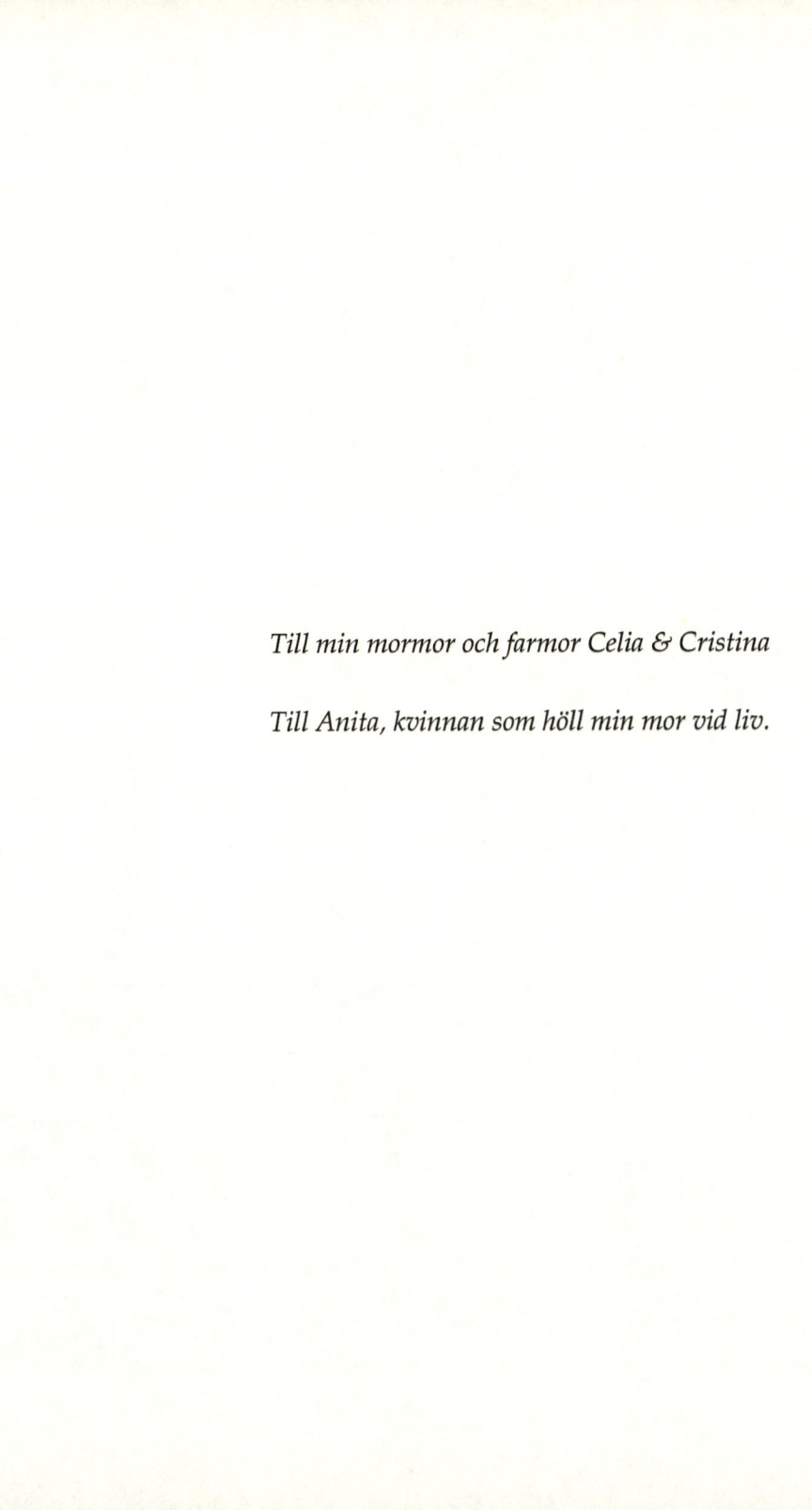

Till min mormor och farmor Celia & Cristina

Till Anita, kvinnan som höll min mor vid liv.

Transmission av kunskap för andlig växt
måste ske från hjärta till hjärta,
från en människa till en annan i ord och energi,
via en mycket personlig relation.

Utan en guide-eller lärare-
kan det inte finnas någon relation eller lärande.

Man måste vara kär i källan
för att verkligen känna till hela sin passion.

La Maga

Ordlista

Mage n.

Nu Arch. & Litterära. LME. (Anglicized f.. Magus. Jfr. (O) Fr. Mage)

1. En magiker: en person med exceptionell visdom och lärande.

2. LME. 2 spec. = Magus I. LME 2. JIM Stewart jag kan vara i närvaro av en magiker eller en trollkarl i förklädnad.

The New Shorter Oxford. English Dictionary. © Oxford University Press 1973, 1993, New York. p.1661

Mage n-s

n –s (ME, fr. L magus – mer på Magic)

1. Magician

2. Magus

Websters tredje nya internationella ordbok av det engelska språket. Den definitiva Merriam-Webster Unabridged ordbok av det engelska språket. © 1986.

maga *(spanska, kastilianska)*

En kvinna sägs vara en mage. En man sägs vara en magician.

Dedikation

Till dem som gav mig liv och till källan av magi.

Kropp, själ och ande som är med mitt namn, den här gången.

Till mina äldre syskon - alla av dem - och, framför allt, dem som visar mig det som är skrivet i sten.

Till Mages och de äldre lärarna, speciellt till "du" och din oändliga gåva, som lärde mig vägen mot La Maga.

Till de händelser som fick mig att växa upp, för att kunna fånga dem i denna bok.

Till de människor som kämpade mot mig och fick mig att kapitulera till uppenbarelsen av sanningen.

Till Moder Jord, som närde mig under stormarna av ord.

Till *Cognitio Books & Apps* som ger form till verkligheten så att alla får tillgång till det som blir synligt genom det osynliga och de "tecken" som visar sig.

Till resesällskap, de autentiska sådana, som vägledde mig under våldsamma tider när vi läppjade kosmos.

Till de män och kvinnor som älskade mig utan att veta att jag älskade dem.

Till de artister som i sin färgpalett trodde att jag skulle ha en tonalitet.

Till de barn som bär på liv och berättelser.

Till de initierade som gör magi möjlig.

Kom in i min värld utan rädsla, jag omvandlar den till glädje.
Låt mig leda dig från dolda fel, till den universella lyckan.
Jag är, i huvudsak, kraften med kapacitet att få dig att vakna.
Min värld kommer från den osynliga, så att du kan följa ditt
hjärta.
Naturen är min bundsförvant, därför skapas stormar och
vindar.
Jag låter min kropp vila bredvid mig, så jag kan sova och vara
alert.
Jag är odödlig, eftersom sanningen som är i dig aldrig dör
förrän den säkert är avslöjad.

Jag är La Maga, Din Mage, den som du har sökt och som nu
finner dig.
Jag kan se allt och vet alltid allt, eftersom jag inte lurar mig
själv.
Tiden existerar inte, allt avslöjas utan slut.

"Mötet"

När jag kom satt hon redan där med sitt vanliga lugn. Det fanns en tystnad så välsignad att den kunde få dig att gå i okänd riktning, vart eller varför var inte viktigt. Jag har alltid beundrat denna magiska kvinna av min tid. Hon är som en dold och gåtfull måne, med hud som en röd solnedgång.

Vi har pratat många gånger personligen och andra gånger via telefon, men i detta mera intima möte fick jag lära mig faran av att tro att jag är så speciell.

Jag visste att mitt problem var arrogans och stolthet genom att hela tiden tro att jag var bättre än alla andra. Detta höll mig alltid långt borta från verklighetens och livets flöde. Min envishet att inte vilja möta livet och dess kraft, gjorde att jag ständigt drogs till platser där jag i ljusets närvaro var tvungen att överlämna mig till ett nödvändigt personligt arbete.

Nu var jag på väg att få del av en berättelse, ett arv eller en upplysning av något som ingen, *"bara så där"*, kan förvärva.

Jag var på väg att möta en stråle av liv, full av min själ och visdom, något som i slutet av denna berättelse också för dig blir avgörande och nödvändigt att förstå.

Mage en kvinna som får ditt hjärta att darra bara genom att du tittar eller lyssnar på henne. Du vet att hon äger något som inte är från denna värld. Med enkelhet för hon dig till avlägsna platser, de som är en del av livet självt. Det har varit en stor gåva att få dela denna inre och yttre resa vid hennes sida. Att vara nära henne, mer än att försöka söka henne. Detta har förändrat riktningen på mitt liv, dess kvalitet och sättet som jag ankrar mina fötter på jorden.

"Livet pågår verkligen." Mage och hennes närvaro är en kraft som ger dig okänd styrka. Hon öppnar mysterier och energier till sitt yttersta så att dina skor kan gå "din väg".

Hon kommer från den plats som vi alla söker utanför oss själva.

Den plats som väntar på att öppna sig för att ge oss dess skatter och den som finns inne i var och en av oss.

Hon arbetar tillsammans med shamaner med visdom och kraftfulla källor som hon respekterar och låter sig föras till, väl medveten om alla risker.

Moder Jord är det viktigaste i hennes blick, det som avgör hur hon bestämmer riktningen på denna väg. Denna "sfär av rörelse" tillät mig att vara i fältet och öppna mina ögon för andra vägar. Stundom avslöjade hon sin essens och stannade med mig för att jag skulle kunna ta emot. Hon kunde se "helheten" medan jag från min skyddade plats var förbryllad.

Vissa dagar var det mycket stormigt i mig. Hon visste i sitt hjärta bristerna i min själ.

Från början såg jag intervjuandet som ett uppdrag, mer ett utfrågande för att försöka få ur henne vad jag tyckte var viktigt. Men mellan min dörr in och min dörr ut, utan att misstänka det, stötte jag på mina "spöken" som väntade på att komma fram igen. Vinden ändrades, blåste runt fartyget som höll min själ och förde mig utan varning till alla farliga strömmar. Jag hamnade ensam med mig själv på en ö ... som en döende skeppsbruten, som en hungrig själ, utan allt som störde mig inombords. Jag var tvungen att uppfinna liv - mitt liv. Jag lärde mig av nätterna som guidade mig till ljuset, om stjärnornas betydelse och om universell magi.

Under en lång tid älskade jag henne som den största kärleken på jorden och andra gånger hatade jag henne, frustrerad i min egen verklighet.

Utan att ändra dig, ändrar hon dig. Utan att röra dig drar hon in dig i okända ord som "kärlek", "medkänsla" och "styrka". I slutet känner du bara tillfredsställelse, med allt som hon använder för att väcka dig.

Jag har fortfarande inte kunnat förstå om det du nu läser är en berättelse, en saga eller kanske början på en alternativ väg. Det är den effekten som hon har, ingenting är någonsin som du tror eller kanske har trott.

Många gånger fick hon mig att vänta i tystnad, så att jag skulle bestämma vilka ord som var nödvändiga att använda.

Från tid till tid annan skulle hon bara titta på mig, enkelt leda mig in i hennes stormiga vatten och säga: " Vad vill du ha av mig?" En fråga som tog mig till en oändlig, evig avgrund.

Nu när jag tar mina steg för att börja min berättelse, känner jag spänningen och rädslan som finns i hennes närvaro. Att försöka avslöja eller låtsas att porträttera henne är fullständigt omöjligt för alla som försöker gissa eller begränsa henne. Kanske jag respekterar något som inte kan förstås och

13

som vi alla desperat söker. Jag ska försöka skriva denna berättelse.

Mitt råd är att du ska flöda med dessa ord. De kan finnas meningar i utrymmen som ingen ännu kan förstå inifrån sitt sinne.

Överlämna dig själv till alla vågorna som fullmånen firar utan en anledning. Man måste vara medkännande med en historia som då kan omvandlas till en terapeutisk resa i livet.

Häng på, bli långlivad, gör ett åtagande, gör något med passion, le varje sekund av livet. Bli medveten om var du kommer ifrån, vad du vill och vart du ska.

Detta är hur denna mästare, Mage av universum, lämnade mig i konflikt med den väg som redan spåras av stjärnor och kosmos.

Jag tillägnar denna bok till de många timmar spenderade med henne, som nu verkar vara livstider sedan. En erfarenhet med varken utrymme eller tid, en väg i livet, på en plats långt borta. Var hon än är, kommer hon att fritt göra sina egna saker för att bära den magi som viger henne till varje plats.

Hon är förklädd som något jordiskt – från en vanlig plats - förvirrande även för den mest skarpsinniga som hävdar att de kan utmana den oändliga kärlek som hon har. Detta lämnar dig med den största lärdomen.

Om du får ett tecken i form av fjädrar, är det hennes. Om du hör att vinden kan tala, det är hon. Bara observera noga, i slutändan är allt tecken och kommer alltid att vara:

Hon.

Detta är att börja leva i alkemi med hennes extraordinära närvaro.

Önskar att Moder Jord är snäll med dig på den resa som du är på väg att göra.

14

"Vägen skapas genom att du går"

Jag är en journalist, lärare och psykolog, älskare av urgammal förmåga att hjälpa och läka våra hjärtan.

Sökare av sökare. I dessa mina strävanden träffade jag Mage, en vanlig dag i det som skulle komma att bli mitt viktigaste år.

Hur skulle jag någonsin kunna glömma första gången jag såg henne i Tyskland, ett möte som skakade om min själ. Efter detta påbörjade jag det stora korståget som jag aldrig skulle kunna sluta. Jag reste till många städer, men också in och ut ur mina inre och yttre gränser. Jag gillade det, det fyllde mig och ändrade mig. Till slut ville jag så mycket att jag började utarbeta olika förslag för att få något mer av henne. Efter ett tag såg hon mig bland alla andra i gruppen av initierade. Hon hälsade på mig kall och avlägsen. Mitt hjärta krossades fullkomligt när jag hörde henne säga till mig, "Det är inte mycket du har gjort och ändå är du är fortfarande här. Healing är handling, glöm inte det. Vidta åtgärder innan det är för sent."

Jag hade en massa frågor och hon avslutade alltid sina svar med att säga: "Sökandet är proportionellt till det tomrum som vi skapar."

Under vissa av sessionerna möttes vi utanför lokalen. Hon såg mig i ögonen och de sa mycket tydligt, "Ut ur min väg."

"Hitta ditt hjärta. Var ärlig." Det enda jag fick av henne när hon slutade sitt arbete med olika grupper var orden " Vad vill du ha av mig?" Det var då jag började älska henne för jag visste inte själv vad jag ville ha av henne. Efter dessa första möten öppnades vägarna inom mig som var inriktade på övergivenhet. Den lilla flickan ville inte växa upp, mina sår skymde horisonten och min oansvarighet mot mig själv ledde mig till mötet med det okända som snart skulle förändra mig.

Många gånger var jag nöjd bara med att sitta och beundra henne. Så lätt för mig att stanna i komfortzonen och sjunka in där ...

Jag såg ut som en dåre så berusad av hennes närvaro, hennes röst, hur hon flyttade händerna, hennes gester och hennes humor. Hon använde ironi för att "smacka" till ditt samvete. Ofta, efter dessa demonstrationer av intelligens och visdom, skulle jag säga med en suck: "Gud, vilken varelse!"

Jag var tvungen att göra henne till min ikon, min lärare, min guru och hjälte. Allt detta! Absolut allt som jag ville uppnå projicerade jag, allt detta som inte kan uppnås om du inte väljer att öppna upp sprickorna i ditt hjärta för att låta ljuset komma in.

Mage kom att visa mycket kraftfulla interventioner. Min favorit var den jag kallar, "Använd en spade." När någon hade stort motstånd, kunde hon med kärlek och enkelhet säga: "Till i morgon vill jag att du ska ta med en spade för att gräva i marken, eftersom jag kommer att visa dig hur du gräver ditt eget hål. Vi ordnar din begravning och jordfästning. Då ska vi få veta om du är vid liv eller om du leker med livet."

Gruppens och min reaktion var nästan omedelbar. Men det mest förvånande var nog hur seriöst den personen som fått uppgiften tog det. Mage visste med vem, hur och varför hon gjorde detta.

Slutligen kom dagen för mötet med Mage, som jag så längtat efter. Hon anlände till en liten stad som heter Groningen i Holland, en mycket vacker plats på jorden med dess invånare, vackra träd, gudomlig grönska i all prakt, med anor långt tillbaka i tiden. Denna lugna och fridfulla plats, där tusentals berättelser skyddas för all evighet, ser ut som ett vykort när du anländer till tågstationen.

Här fick jag möta Mage personligen och bevittna hennes makt. Efter många dagars intensivt arbete, dag efter dag, fick jag möjlighet att fika med henne. Det var så jag försökte fylla det nyupptäckta tomrummet i mig.

I ett enda andetag, lyckades hon attackera mig utan att ge mig en chans att skydda mig.

Jag försökte lugna min ångest och sökte efter den stillhet som inte ville infinna sig. Hon tittade på mig med intensiva ögon. Jag kände att hon bjöd in mig att närma mig henne. Mina ben skakade, eftersom jag trodde att hennes ord skulle bli exakt samma som tidigare.

Med en ljuv stämma sade hon: "I morgon eftermiddag, efter vår session, kommer jag vänta på dig bakom denna byggnad."

Jag blev som förstenad. I skräck svarade jag: "*Maga*, allt som finns bakom denna byggnad är den övergivna mycket gamla kyrkogården."

Hennes blick berättade allt. Hon talade genom iskyla från ögonens pupiller, med en hållning som gick genom märg och ben och som lämnade mig andlös. Hon varnade mig genom att säga: "Fortsätt att brottas med dig själv så kommer du att förstå

17

Jag sänkte mitt huvud och överlämnade mig än en gång till hennes kosmiska makt.

Min okunnighet om innebörden av respekt och visdom fortsatte att hålla mig i utkanten av livet. Jag tvivlade fortfarande på min tro.

Jag kunde inte sova den natten. Mitt huvud snurrade som ett övergivet rostigt pariserhjul, där barn en gång entusiastiskt åkt runt högre och högre och där varje tur var en chans att klättra upp för att inse och fullborda allt. Spänningen i min mage, tillsammans med rädslan för pariserhjulet, tystade alla frågor. Jag straffade mig själv när jag tänkte på hur lycklig jag var att få intervjua henne. Jag slog på mig själv för att jag inte visste vad de bästa frågorna var. Hon gav mig möjlighet till ett möte på en kyrkogård. Varför där? Mina tankar snurrade runt i huvudet som pariserhjulet – som ett nöjesfält i mitt eget liv.

Min påstridiga natur försökte fortfarande tyst vinna i glädjen över att nyligen ha gjort en erövring.

Inom mig upprepades tusentals gånger: "I slutändan kommer du att uppnå vad ingen annan kunde åstadkomma ."

De drömmar som vi längtar efter, eftersträvan som kommer ur kamp och konfrontation, blir paradoxala. Mitt fall skulle inte vara ett undantag.

Jag kom till mötet överväldigad av intensiv oro, tårar och skakningar.

Upprörd, vankade jag av och an i området och övade det jag hade memorerat: "God morgon Maga, jag är beredd att genomföra det största projektet som ingen någonsin har föreslagit er."

Jag upprepade detta högt och om och om igen, utan att märka hur jag, lite i taget, skapade ett hål i marken att falla i.

Många, långa minuter passerade, fyllde resterna av timglaset i mitt hjärta och öppnade hålet under mina fötter.

Mage var aldrig sen till någon sammankomst. Hon ärade alltid schemalagda tider och strukturer. Men för vårt möte slog pendeln åt andra hållet, det bedrövade mig och jag kände tyngden av den tid som gått.

Jag började bli otålig och mina memorerade ord slogs sönder i en situation där varken tid eller ord betydde någonting.

Timmar ... tusentals minuter, vad var meningen, jag insåg att hon inte skulle komma till mötet. Jag var fast besluten att tro att eftersom det var en annorlunda händelse i hennes liv, skulle hon ta den tid som krävdes..... Eller kanske ville hon att jag skulle hamna i ett tillstånd av galenskap, genom att låta mig vänta.

Konstiga röster hördes från de heliga träden på denna de dödas heliga mark.

Rädsla tog tag i mig och jag var på väg att ge upp.

Maga, Maga, kom!

Sanden i timglaset passerade igenom, med ett ljud i mitt huvud som var på väg att explodera i mitt inre krig.

Jag väntade tålmodigt och respektfullt, hon visste varför hon lämnade mig för att vänta så länge.

Jag var tvungen att känna tillit och stanna kvar.

Jag hade redan lärt mig, att komma sent till hennes aktiviteter var ett sätt att säga att man inte värdesatte hennes undervisning. Om du gjorde det upprepade gånger skulle hon säga utan nåd: "Du kan lämna lokalen, alla som inte är snälla och respektfulla mot energin bör förvänta sig detsamma tillbaka."

Varje mening hon använde imponerade på mig: "Den som inte är snäll och respektfull mot energi bör förvänta sig detsamma tillbaka." Jag skulle upprepa den meningen för mig själv tusen gånger den kommande tiden.

På så sätt visade hon mig de mest osynliga planer och lärde mig att himlen var här på jorden. Allting börjar här, i livet. Senare kan man ödmjukt nå himlen och dess salighet.

Det var logiskt och enkelt. Läraren har alltid något oväntat att lära ut eller förmedla. Att komma fram sent, är att säga att du inte värdesätter det som överförs till dig. Om du hade en riktigt bra anledning att komma sent skulle du vänta vid dörren, observera henne med respekt och vänta på det ögonblick då hon tog ögonkontakt med dig, sedan sänka huvudet och gå in i tystnad utan att störa undervisningen.

Senare, om hon gav dig en chans, skulle du ge en förklaring och be om ursäkt. Det var så det fungerade, för hon visste att den viktigaste lärdomen hade att göra med *respekt*.

Om hon var den som kom sent fick vi vänta tålmodigt, även om det rörde sig om timmar. Om du tyckte att det var orättvist, var det möjligt att du inte var tillräckligt mogen för hennes stora konst. I detta väntande, lärde jag mig så mycket ... för det är jag också tacksam.

När hon kom sent till sina lektioner, inte bara timmar utan också dagar, belönades bara de initierade som stått ut och väntat tålmodigt genom att hon delade sina hemligheter. Hon visade stor respekt för varje sak som hon i sin undervisning vågade lämna över till oss. Att vara i hennes närvaro med entusiasm, utan drama, med god hållning och utan klagomål, var något som fick dig att känna dig värdig dig själv och henne. Även om hon förklarade något som du var bekant med, visade du henne respekt genom att lyssna på det igen. Hon försökte berätta något för dig.

Om du var tvungen att lämna innan dagen var färdig förklarade du orsaken i förväg så att hon kunde fokusera på undervisning och bara notera med ögonkontakt din väg ut. Det skulle kännas som ett farväl i respekt till henne.

I vårt dagliga liv har vi ofta oturen att se lärare som väntar på oss när vi anländer sent. Vi ser dem servera fika, prata och skratta med oss. Till slut ska vi säga adjö och de får samla ihop det skräp som vi, nybörjare, lämnar bakom oss.

Jag gillar att se Mage som den sista att komma in, på det sättet välkomnar hela gruppen henne. Samma sak händer när hon lämnar genom att alla går efter att hon sagt adjö. I verkligheten främjade Mage en struktur som fick dig att känna dig sedd, som en Samuraj i respekt, kärlek och inre styrka, utan att underskatta något eller någon.

Många närmade sig henne i pausar eller efter hennes undervisning, i sin toleranta intolerans skulle hon då bara le. Några ville helt enkelt fånga henne blick, andra hennes kraftfulla och stora kärlek. I slutändan var denna kvinna något så vackert att bevittna - och uppleva - att ingen kunde sammanfatta alla skäl till att vilja hålla henne så nära som möjligt.

Jag tänkte ofta att hon inte existerade eftersom hon rörde sig med ljusets hastighet, som en stråle av kärlek.

När någon rör vid dig så här i sin tanke, hamnar du under en trollformel som gör att du omprövar ditt eget ursprung.

Väntan fortsätter. Jag var redo att låta tiden ha sin gång, all den tid som behövdes för henne.

Genom att ta kontakt med allt det jag lärt mig av henne lugnade jag ner mig. Då och då, skulle jag säga till mig själv med kraft: "Vad har du lärt dig och hur har du använt det?"

Jag fick vänta längre, natten närmade sig. Dimman blev tätare och tätare. Ärligt, så var det en skrämmande plats. Det var nästan omöjligt att inte lyssna på varje ljud. Jag kände det som om allt förstärktes i mina öron. Regndroppar började falla över marken och jag var inte helt lugn med känslan, av att lyssna på en himmelsk musik bland vaktande träd. Jag kände att jag var slutligt totalt dömd.

Jag visste inte vad jag hade gjort för att förtjäna denna väntan - på gott och ont - på denna öppna plats. Jag visste bara att jag med mod skulle vänta på henne.

"Maga"

Slutligen, efter en lång väntan, blev jag distraherad och höjde min blick och såg att hon närmade sig. Långsamt och lugnt började hon gå mot mig. Hennes frid omslöt mig.

Det var omöjligt att inte tänka - ser jag ett spöke - och att stå alldeles stilla. Men jag tvivlade inte på att det var hon, hon fick mig alltid att känna att min inre kraft var möjlig i hennes närvaro. Jag var tvungen att andas och vara lugn, men mitt tillstånd utvecklades till ångest. Då kom mitt tränade manus till mitt minne:

"God morgon *Maga*, jag är redo att åta mig det största projekt som ingen någonsin föreslagit..." - Tystnad - Allt blev tomt, mina ord lämnade mig. Hennes varelse tystnade. Jag såg henne i ögonen och det kändes som om min hud rycktes bort. Jag var stum och vinden smekte mig sakta, fick mig att känna att jag var exponerad för allt, speciellt för henne.

Sakta, sakta närmade hon sig. Hon började smeka gravstenar med sina bara långa händer i den våta kylan. Tack vare de sista solstrålarna vägrade den lysande gröna mossan att dö. Jag kände vilda djur cirkla runt mig och efter mig så att jag blev rädd ... Jag kände mig belägrad, trakasserad, omgiven, lockad av mina förföriska ord som hamnade rakt i ansiktet på mig. På detta sätt, med ett enda slag, skulle jag förgås i hennes attack. Vi var spända inför duellen, pausade och observerade. Vem skulle bita först? Djuren kunde lukta sig till mötet, väntande på attacken.

Denna gång kunde jag förutse detta mönster. Mycket försiktigt började jag att använda hennes dödliga vapen, *tystnad*. Så för några långa och oändliga minuter satt vi med låsta blickar stirrande in i varandras ögon. I detta skådespel, där den omgivande dimman lekte med daggen. Stenarna, lagrade med tyst visdom, var fast beslutna att överlämna sig till närvaron av total stumhet. På denna plats där allt manifesterades, kunde jag höra en "icke - tystnad" och i närvaron av det icke talade var jag villig att ge upp en del av vad jag hade lärt på min resa för att hon skulle tala med mig. Jag var insvept i hennes närvaro och de dimensioner som öppnades för mig. När jag tittade närmare på henne verkade hon som en annan person, inte som jag förväntat mig. Hennes ansikte var blekt och kallt. Avlägset, kanske i en annan värld. Jag tog ett andetag.

Jag backade några steg, kände mig rädd. Ändå ville jag fortsätta. Jag började känna närvaron av de element som omgav Mage, hennes magi var framför mig.

Små älvor fladdrade över henne och gav ljus medan hon blinkade och hon log medan hon rörde dem. Vinden började vandra runt och jag kunde känna den som en väntande vän. Olika element utnyttjade den. Träden som följde våra steg började omvandlas till kroppsliga väktare. Män i häpnadsväckande andlig makt. Mage var inte ensam i världen av tystnad. Jag var förvånad och oförskräckt i förundran. Jag kände enorm tacksamhet för vad jag upplevde ... När jag satt förvirrad med dessa visioner, kom hon närmare mitt öra och hennes röst talade dessa ord:

"I dag är inte den dag då jag kommer att ge dig vad du mest längtar efter och vill, du får vänta ett år. Då ska du leva din sanning, om du vill lära av mig. Ensam och långt borta från min fysiska närvaro, kommer du att få del av det som du inte vet om dig själv."

Hon fortsatte muttra som om någon kunde höra oss, medan jag kände mig alltmer instängd.

"Vi ses i Madrid den 25 september nästa år, på Santo Domingo Hotell, nära Gran Via. Där börjar det du och jag ska fortsätta med från och med nu."

Hon vände sig mot mig. De gamla gröna gravstenarna vid mina fötter skickade enorma vågor av tät och iskall kyla in i mitt bröst. Omedelbart började något att röra sig inne i mig. En massiv våg gjorde att mitt hjärta brast inne i min kropp. Ett helt år. En resa. En sekvens vars enda betydelse hon kände, allt i syfte att få tillgång till de hemligheter som omger henne. Jag följde henne på avstånd med blicken. Hon var på väg bort med bestämda steg i dimman, med sin svarta kappa och det välsignade halsband som prydde henne hals, ett halsband av *skapelsen*.

I hennes makliga steg bevittnade jag hur älvor och vinden sakta försvann bort med henne.

"*Maga* du mystiska gåtfulla kvinna som gjort så mycket för att plåga mig och som jag nu måste följa." sade jag till mig själv.

Samtidigt hade mina drömmar och förväntningar på en förmodad framgång rasat på en sekund. Jag kände en vulkan av ilska komma ut i mina ådror. Jag grät och när jag tröttnade satte jag mig på en sten. "Livet måste vara större än min vrede," sade jag högt som om någon lyssnade. Stenen var kall och slemmig, den påminde mig om hur jag lämnat mitt hjärta under denna långa väntan med så många vändningar.

I min förtvivlan insåg jag inte att varje gravsten hade ett tydligt budskap till mig. Det var som om de döda skrek, tecken som jag fortfarande inte ville höra eller tro på.

För ett ögonblick kände jag fruktan. Skräckslagen ville jag springa från denna plats, så dyster och mörk precis som min egen skugga, när jag hörde min själ säga:

"Du kliver på din nutid med det förflutna." Jag föll in i en av de generösa änglarna som tyst lät mig omfamnas.

Tiden var förlorad före mig, tystnad täckte allt. Då visste jag att drömmen var så verklig, vilken resa.

"*Maga*, är du där?" Tystnad, mörker och en ny okänd frånvaro av rädsla började växa fram.

Allt viskade väldigt tydligt, "Du vet vad som väntar." Mage som hade metoder för att öppna portaler så att vi, de initierade, skulle kunna träda in. Hon aktiverade dina handleder, strök över ryggen med specifika och subtila rörelser:

"Slussarna är öppna."

Hon visste att manövrera med mycket exakt helig trigonometri. För att inte nämna allt som uppenbarades endast för henne och som många av oss inte ens vågade föreställa oss.

Jag började lugna ner mig. Men jag kände konstiga saker i min kropp, som om hennes blotta närvaro hade lämnat dörren på glänt för att jag skulle börja gå mot det okända. Jag kunde då se vad som skilde mig från döden med bara några få steg. "Jag lever". Detta skulle jag aldrig glömma.

Det var här historien började, för exakt ett år sedan. Jag måste erkänna att jag idag inte är densamma. Nu, i tystnad förstår jag henne ... för att jag förstår mig själv. Jag har kommit att förstå att jag kan visa mig mer respekt och hennes intention var att få mig att förstå detta. Med några få ord började jag känna tro.

För att kunna lära känna henne, måste man vara en kännare – med respekt – för liv, död och dess dolda krafter. För att kunna beskriva henne - i hennes värld - får vi inte döma henne, eftersom den världen knappt är synlig.

Dessa krafter försummar och försvagar vi, så envisa som vi är i hårdhet och arrogans. Jag är övertygad om att "energin" är i nivå med min medvetandenivå. Det är energin som gör magin, det kan eller bör du aldrig betvivla.

Mage öppnar nu portaler och låter dig komma in, där du kan känna att det som ännu inte är levt är en del av ditt öde som ingen ska förändra eller påverka. Att observera dessa platser ger dig bara styrka att andas och fortsätta på din väg.

"Möjligheternas resa"

Idag var det den 25 september, åtminstone vad kalendern visar. Jag var i Madrid. Jag kom till vårt möte, överenskommen tid och plats. Jag väntade på henne, denna gång för det mesta lugn och centrerad. Hotellet där vi kom överens om att träffas var mycket litet. Massor av människor gick ängsligt omkring i lobbyn, fokuserade på sig själva. Allt hände i ett spänt lugn. Men jag var glad att vara där. Jag kände värdig tillfredställelse över mina prestationer. Jag väntade uppmärksamt på hennes ankomst, vid huvudentrén med en dörr som vägde ton i en mycket gammal byggnad som renoverats till hotell. Mycket uppmärksamt fokuserade jag också på hissen i fall den förde henne ner från himlen. Jag hade allt täckt i mitt synfält. I förväg hade jag kontrollerat frukostområdet, utan någon lycka. Nu var väntan mer avslappnad. Jag visste inte säkert vilken tid Mage skulle komma.

Fåtöljen i lobbyn var mycket bekväm, bred med stora mjuka kuddar av silke. Jag var lite trött eftersom jag inte sovit mycket natten innan. För ett ögonblick slöt jag mina ögon och jag hittade en plats inom mig att vila i. Jag kunde känna saliv rinna vid sidan av min mun och en högljudd snarkning väckte mig. Jag log och fortsatte min underbara plan att vila. Jag var redan på plats denna stora dag. Allt var lugnt nu, en lugn stund medan jag väntade.

Exalterad, kände jag hennes blick på mitt ansikte. Jag torkade bort dreglet och hoppade upp från min välförtjänta paus. Hennes närvaro var nära, jag kunde se henne sitta rakt framför mig. Mage var där, som hon hade lovat. Jag höll tillbaka mig själv för att inte springa fram och krama henne.

Vilken tillfredsställelse och glädje jag kände i hennes närvaro. Maga.

Under ett tag tittade vi på varandra som i en spegel och kände igen oss från en plats där jag aldrig varit förut. Jag njöt av hennes vänliga leende i tystnad, samtidigt kände jag tacksamhet för att hon var där precis som vi kommit överens om. Maga.

September var en underbar tid att vara i Madrid. Hon var ledigt klädd. Vit skjorta och vita byxor. Enkelt och utan en massa krusiduller. Hon prioriterade högt att inte vara annorlunda än andra. Därför tyckte hon om att mingla bland folk och vara ingenting. Mycket sofistikerad klädsel skulle lämna henne alldeles för utsatt. Men när hon arbetade med initieringarna tyckte hon om att bära lösa och färgstarka kläder, varje dräkt hon bar var helig.

Mage hade ett originellt utseende som det var ofrånkomligt att lägga märke till. Den som kände igen henne blev omedelbart kär. Barn identifierade henne omedelbart, då de var mer skarpsinniga och fria från fördomar och komplex. Från fjärran la de märkte till henne och drogs till henne som om hon var en guldgruva av leksaker. Hennes ord var som godis, som stigande ballonger med goda avsikter.

De äldste och vise männen kände igen henne för hennes själs visdom och hennes kärlek nådde dem från vilken plats hon än gick. I lobbyn kunde ingen ha föreställt sig skälen bakom att våra blickar möttes.

Hennes närvaro var full med en absolut nåd för den som ville titta sig i spegeln.

Dofterna och ljuset som samlades runt henne kunde direkt ta dig till dina egna barndomsminnen. Om hon ville kunde hon påskynda känslor som ditt hjärta försökte dölja. Du kunde hamna i gråt eller mitt i ett meningslöst skratt. Hon fyllde allt, gav dig sanningen, i mysteriet med din sanning.

Ett fl ashigt halsband som hon hade på sig fångade mitt öga. Jag kunde inte sluta titta på det. Det hade en blandning av vacker blå kvarts med rosa ådror, ett halsband som en shaman hon älskade och respekterade väldigt mycket hade gett henne. Då och då fick jag chansen att lyssna på några berättelser fulla av många fantasier och magisk verklighet.

När hon hänvisade till honom, kände jag kärlek i hennes röst. Denna hennes reskamrat hade beslutat att återvända till de heliga bergen för att fi nna sig själv. Han sågs aldrig mer, på detta sätt såg han till att andra kunde fortsätta med hans lärande. Mycket få vågade gå in i de heliga bergen. I en av sina sessioner berättade Mage att bergen var vår spegel. Få vill veta vilka de är. Ormar är som pilar i bergen. Alla som skadar sig själva kommer att få se ormar längs sin väg. Maga

Hon hade också på sig ett radband av rosenträ och en silverkedja med ett hänge i form av en glob som lät när den rörde sig med vinden av hennes själ. Hon skulle alltid dölja sig, det var svårt att se henne helt öppen. Hon skulle lämna en uppgift i dina händer så att ditt eget ljus skulle göra ont i dina ögon.

Hennes blus, nästan helt vit, visade hennes "andliga juveler " såsom en söt rosett, en gåva som presenteras inför min existens.

Efter en kort tid av iakttagande av varandra kom hon fram för att ge mig en varm kram. För första gången kände jag att jag kunde ta emot Mage och var villig att överlämna mig. Nu var jag värd det. Med några korta insiktsfulla blickar förberedde vi oss på att lämna hotellet för att vandra ut, utan riktning. Jag hade en djup rädsla för att bryta tystnaden. Frånvaron av ord var som stormande ljud i min själ. Hon var alltid så plågande och samtidigt visade hon storheten i kosmos.

Madrids himmel fi ck de förbipasserande att söka lite skugga som skydd från dess kristallklara blå enorma briljans. Temperaturen inbjöd dig att bära något ljust. Vi kände bara lycka över vår återträff. Under lång tid vandrade vi omkring på de fantastiska spanska gatorna. Vi vandrade bland turister som jagade alla attraktioner mitt i det gastronomiska utbudet av restauranger, för alla smaker och karaktärer. Vi utväxlade bara några blickar mellan alla skyltfönster och alla platser med massor av liv. Obligatoriska stopp stimulerade vår aptit mellan kaffe och choklad. Jag upplevde en fantastisk tid med henne och mig själv.

Längs en oändlig gata, pekade hon på dörren till den gamla Carmen kyrkan nära Gran Via. Eftermiddagsmässan klockan 5 hade just startat. Vi kom precis i rätt tid, som om Gud väntade på henne för att välsigna henne med en ritual, allt välkomnade oss båda. Jag satt bredvid henne. Hennes förening tog inte lång tid och jag såg hur hon blev rörd och det kom innerliga tårar från hjärtat. Jag kom ihåg mötet på kyrkogården och de saker som jag hade bevittnat. Det var ingen tvekan att det var mycket som hände eller var på väg att hända.

Jag ville vara uppmärksam och inte missa ett enda ögonblick. Suckande, skrattande, längtande levde hon varje del som om hon kommunicerade med något himmelskt och kraftfull.

Min önskan var att bevittna hennes väsen, men jag kunde bara observera och känna lite av allt. Någoting sa mig att allt detta var den bästa initieringen för att kunna förstå djupet av hennes absoluta magi. Mage var ingen ung kvinna, inte heller var hon gammal. Hon var en vuxen kvinna, men en mycket klok sådan. En "sage", som Mamos av Sierra Nevada av Santa Marta i Colombia skulle säga.

Ibland trodde jag att hon var en ande, eftersom jag kunde se henne i varje del av mitt liv sedan jag hade blivit exponerad för henne och hennes väg. När jag tänkte på henne fylldes mitt hjärta och hon fick mig att prata med mig själv om hur jag skulle vakna utan att veta hur. Hennes längd stack ut från det vanliga, hennes hud var len som från en fallen ängel på jorden. Min uppmärksamhet gick till hennes ömtåliga och känsliga fötter. Det verkade som de aldrig hade varit på marken. Åtminstone var det de fötter som Mage visade i varje ögonblick och i varje rum, svept i hennes vackra sandaler.

Hennes ögon var bruna som av den tjockaste honung, men samtidigt kunde de bli mörka som en mörk natt. Att titta på dem gav mig bilden av en mörk färgpalett som Goya måste ha använt i sina målningar: "Saturn Devouring His Son", "Fight with Cudgets," eller kanske "The Fates". Mörka skatter fulla av ljus för den som vågar.

När du tittade djupare in i hennes ögon, kunde du känna hur det var att möta din sanna själ. Hennes pupiller var djupa och fulla av känslor.

Slutet av denna innerliga ritual fylldes med helig energi och många olika känslor. Vi var redo att lämna den heliga platsen och Mage tillät mig att ta hennes arm. Vi började gå med lite mer tillit i att umgås och uppskatta varandras närvaro. Mage talade med tydlig röst "Det är alltid bra att komma till platser där människor samlas för att söka mirakel och heliga budskap. Vem vet, kanske en ängel ser dig och ger dig lite av sig själv just nu bara genom att vara där." Jag gav henne all min uppmärksamhet och stannade kvar i känslan av att jag just lyssnat lite på mig själv.

Vi kom överens om att tillfredsställa vår hunger. Vi gav oss ut för att fi nna de mest typiska rätter i vackra Madrid. Mage favoritmat var grönsaker, men hon sa aldrig nej till det som erbjöds. Säkert på grund av att vi var i Madrid tillät hon sig att utbrista:

"Paella och rött vin. Låt oss njuta!"

Längs vägen, fi rade folk det kommande året, glädjefullt och med full energi. Några kvarter bort hittade vi en vacker plats. Efter en blick på varandra så började vi vandra dit. Mysiga bord, vackert ljus och många människor som pratade öronbedövande omfamnade scenen. Vi valde en mysig plats där bullret och energin för denna eftermiddag fylldes med "the spirit " av - "Olé"- in Madrid. När vi satte oss ner kunde vi andas och ge plats till det som skulle bli en intressant konversation mellan oss. När vi beställde märke jag hur servitrisen fängslades av den vänlighet och "nåd" som min följeslagare sände ut. Hon var en kvinna som kunde få ett leende från den mest motvilliga.

Så tittade hon mig in i ögonen och frågade mig igen, men denna gång på ett mer subtilt sätt:

"Vad vill du ha av mig?"

Jag betraktade henne med mer styrka och mognad, utan så mycket rädsla. Jag visste vad jag ville och behövde gå till kärnan. Mage vänder sig till mig och säger:

"Du har nu varit med mig ett år, även om du inte kunnat nå mig. Jag undrar om du nu är förmögen att se vad du önskar."

Min ångest kunde inte vara större. Jag visste inte hur jag skulle kunna beundra henne mer än jag redan gjort. Samtalet var viktigt för mig, men jag kände att vad som än skulle komma att diskuteras så hade hon redan manifesterat detta på avstånd. Jag vågade se att detta välsignade år hade gett mig det bästa i mitt liv. Jag kände så mycket tacksamhet. Jag visste att jag inte kunde begära mer än vad jag själv kunde se och just nu förstod.

Jag tittade henne i ögonen, andades in och mumlade några ord och försökte vara så ärlig som möjligt mot mig själv.

"Maga, i år har jag talat från mitt hjärta. Detta har varit så värdefullt att jag ser dig annorlunda. Jag vet nu vad jag vill ha för mig själv. Jag vet också vad jag vill ha av dig."

Hennes ansikte var uttryckslöst. Jag förväntade mig inte något, eftersom jag
visste att hon förstod vad jag försökte uttrycka. Det var tyst - hon andades- och jag förberedde mig själv på det värsta, ytterligare en gång. Med sin härliga glädje som fyllde mitt liv med lycka, sade hon högt:

"Tycker du om rispudding?"

Jag brast i skratt och hon log, visste det, visste allt. Jag kände mig lugn.

Jag började förstå att det var mer än ett år som jag hade delat hennes väsen, "pura vida", som de säger i vackra Costa Rica - ren magi. Mållös i det ögonblicket, såg jag hennes ögon genom mig och hon log från sin "spirit". Jag var tacksam för hennes vänlighet, det fick mig att känna värdet av varje sekund. Hon lyssnade uppmärksamt och helhjärtat på mig utan att säga ett ord. Vilken konst det är att kunna se från det inre ljuset.

Med en lugn röst och på ett enkelt sätt började jag ställa min fråga:

"Jag vill att du ska initiera mig i din visdom så att jag kan fånga det i ord. Jag vet att jag kan förmedla din visdom utomlands. Människorna och planeten borde få veta om dig. Som du säger, lärande bör gå snabbare på kortare tid och till lägsta kostnad.

Så ... en bok Maga, låt mig skriva en om dig. Jag vet att du får från kosmos och även då förblir du vanlig och enkel, ditt eko förmedlar små portioner av medvetande. Jag älskar dig och vill publicera dig."

Tystnaden stödde allt som spred sig. Hon stirrade konstigt på mig. Jag höll andan. Hennes blick insisterade. Vad vill du ha av mig? Jag började ge tusen svar, plågade mig själv och tänkte:

"Vad det än är så är hon allt av det."

Hon avbröt mina tankar i samma ögonblick som jag hittade tacksamheten i mig av att hon var där.

Hon tog mina händer och höll dem under en lång tid. Jag kände mig så älskad och bekräftad, oundvikliga tårar föll över fårorna i mitt liv.

"Min älskade kvinna, jag är ingen författare. Jag vet bara att orden som är nära honom är dem vi ska förstå. Du gör ditt arbete och jag gör mitt. På så sätt är vi båda med honom." Nu kom en paus och vi hade båda tid att njuta av allt som sades.

Efter några minuter fylldes våra tallrikar med höjdpunkten för dagen, Rispudding Madrid. Efter att ha sett det, utropade hon, "Det här är livet, resten kan vänta!" Då, med en lugn röst, tillade hon, "Livet är något tragiskt eller sött, det beror på vad man vill äta."

Vid det här laget försökte jag presentera en affärsmöjlighet mellan oss, ett partnerskap. Samtidigt visste jag att jag hade börjat förlora en strid. Kanske
mitt förslag var för vardagligt för Mage. Hon visste att början och slutet var en helhet av allianser, av metoder, ritualer, stigar och legender. Mellan skedar med smak av sötad mjölk berättade hon för mig.

"Du måste vara vid liv för att skriva. Jag har ingenting att säga, du kan bara leva det för att skriva det."

Då förstod jag utmaningen att möta en person som inte lagrar det förflutna eller framtiden, eftersom deras frön är överallt. Det viktiga var bara att vara.

Hon såg i fjärran och pausade en stund. Det verkade som hon sökte efter information och den tog lång tid att nå henne. Jag observerade henne med respekt, väntade på vad som skulle komma. Jag visste vad respekt betydde.

Från ingenstans tittade hon på mig och sa, utan att pausa och med mycket entusiasm:

"I morgon ska jag vänta på dig vid flygplatsen Barajas. Vi åker vid 10 på morgonen via Zürich. Hitta en biljett. Du följer med mig. Vi kommer att leva medan du skriver .. "

Jag kunde inte tala. Ett kaos av gråt, känslor och rädsla kom upp inom mig. Hennes ansikte visade glädje över att se mig tillfälligt galen och förvirrad av vad hon hade gett mig.

Hon njuter av sin magi och dess resultat. Nu när den var verklighet, tillade hon: "Vad ska du göra?" Hon skrattade hårt, mycket hårt, med ett vilt skratt. Maga.

Utan budget eller några förväntningar, var jag fylld av äventyr och initiering. Min resa var bara början. Mitt leende skulle följa mig på min resa och bära livet.

Hon sa inget annat. Hon gled iväg full av entusiasm, levande och livfull för att planera resan. För ett ögonblick satt jag bara där utan att kunna röra mig. Servitören kom och störde mig i mitt möte med min själ och sade:

"Notan"

I min plånbok full av mysterier, såg jag på mynten som skulle föra mig på vägen mot Mage. De bästa mynten är de som har två sidor som själens rikedom. De som nu var viktiga.

Trots att jag gick igenom en flod av människor, var det som att jag var helt ensam. Ingen kunde förstå vad jag kände i detta ögonblick, lyckligt lottad, tveksam, rädd, glad. Allt detta kände jag med en helt okänd intensitet, eftersom jag mötte dessa känslor på en helt annan nivå.

Jag var överladdad med alla mina tankar igen, de var som en bomb redo att explodera vilken minut som helst.

Packa, ringa hem och tala om att du åker redan följande dag, men ... när skulle jag återvända? Projekt, planer som började med en enkel biljett och med modet att återvända. Jag åker med Mage och hennes vilja blev verklighet. Maga.

Mitt hjärta visste nu vad jag redan visste för ett år sedan, min dröm, min väg. Nu var det verklighet, det fanns ingen tid att förlora. Härifrån skulle jag gå - från kyrkogårdar till livet och dess återkomst.

Plötsligt kände jag mig ensam, utan att veta vilket flygbolag eller flight jag skulle ta. Mitt hjärta sa, "Muntra upp dig, det är den största dröm du någonsin kan uppnå."

Nu kör vi. Nu trodde jag på en tur och retur biljett. Det var resan närmare *La Maga*...

"Anländer"

Mitt hjärta skakades om i dag. Jag hade en föraning, men kunde ändå inte förstå vad det var. Jag var säker på att en förändring skulle komma, eftersom hela mitt system öppnades med tårar och en konstig lycka, utan att jag visste varför. Tidigare, innan den plats jag var på nu, skulle ingen person eller situationen kunna generera denna rädsla och gudomliga njutning i mig samtidigt.

Jag kände att min kärlek kom från ett ställe som jag inte vågade tala med någon om. Mage talade alltid om hjärtat som "läraren" och detta var det enda som var meningsfullt för mig i allt omtumlande som nu utspelades.

Den dörr som min "lärare" hade öppnat blev till himmelska portar på jorden. Allt annat kunde vänta medan jag njöt av det underbara att vara med mina känslor, utan vanföreställningar. Det jag hade varit ansvarig för att slutföra detta år började
ta form.

Jag var kär i mig själv. Det var obestridligt. Jag hade en känsla av en djup glädje i den ständiga pulsen av att leva i varje sekund. Jag hade inga drömmar eller förväntningar. Det bästa hände redan med mig. Jag började smaka på den frasen en stund i taget. Jag packade och åkte tidigt till flygplatsen i den mest underbara galenskap. Jag var på väg.

Jag var buren under en förtrollning. Jag fick möjligheten (eller var det nödvändigheten) att följa Mage på hennes resa. Hon skulle överlämna allt till något större. Det som var för dig, var för dig. Ödet känner ingen tid. Merparten av tiden var vi i tystnad.

När vi satt i transithallen utanför vår "boarding plats" gick jag rastlöst fram och tillbaka, medan hon njöt av sitt eget sällskap, sittande i en stol. De ropade för "boarding". Efter att vi fått våra platser tog det inte lång stund förrän Mage föll in i djup sömn. På så sätt kunde jag gå tillbaka till mina livshändelser och se vad jag vågat göra med mitt liv.

Jag kunde se henne. Jag var med Mage på ett plan. Var detta en dröm? Jag sade till mig själv, "En dag kommer jag att skriva om denna erfarenhet."

Flygningen var lugn och fridfull. När jag titta ut genom fönstret kunde jag se vackra berg och snöklädda toppar till höger om planet. Något fick mig att känna mig speciell och jag kunde inte beskriva vad jag upplevde. Jag kände varje rörelse i livet alldeles nära mig nu. Vi anländer till Zürich på utsatt tid och hämtar vårt bagage som kom utan några besvär. Mage reste enkelt med lite bagage.

Fram till denna punkt hade jag låtit mig föras av Mage. Vi gick ut genom dörren som skulle leda oss till tågstationen. Längs vägen anslöt sig en stilig man, över 50 år, en ålder som han bar värdigt. Han var en annan av hennes initierade, som kom för att välkomna. Hon märkte min blick av intresse. Hon tittade på mig och anmärkte på ett humoristiskt sätt: "Var inte så överraskad, alla lärjungarna är samma."

Jag tittade på henne, förbryllad, förstod inte hennes kommentar, eller var jag kanske dum efter denna exponering.

När hon såg min reaktion, sade hon: "Om du verkligen vill vara en lärare, bör du komma ihåg, förlora aldrig ditt sinne för humor."

Hon var kvick och nyckfull. Du visste aldrig om hon var seriös. Du var tvungen att vara uppmärksam. Allt var allvar med henne.

"Han", sa hon och pekade på honom, "är lite längre framför dig, men inte mycket. "Hon sa detta samtidigt som hon skrattade ironiskt. Oundvikligen började vi alla skratta okontrollerat. Det var så jag träffade en av Mages initierade.

Vid vår ankomst var jag rörd över att se allt denna man erbjöd Mage. Till min förvåning tog hon emot allt med glädje. Det var uppenbart att han kände tacksamhet för vad Mage hade gett honom. Bland magiker och lärlingar fanns det många koder att följa och tacksamhet kombinerat med skuld bör aldrig ackumuleras. Den är riskabel och försvagar magin. "Att vara skyldig en magiker något försvagar din förtrollning", hörde jag henne säga många gånger. Det är vad som hände när någon inte förstår magin av kärlek och respekt.

"Det finns inget så starkt som att bara erkänna den andra personen med respekt" brukade Mage alltid säga: "Det är det enda sättet som skyddar dig."

Jag kunde förstå att det handlade om den respekt vi måste känna för en annan persons öde.

Vi är alla perfekta varelser. Det svåraste är att hävda mitt eget väsen.

Hennes manlige initierade eskorterade oss till den plats där en annan kvinna väntade för att hälsa henne välkommen. Jag måste erkänna att jag var glad för alla som mötte oss. Mage njöt för fullt av sin resa och litade på solen som lyste på henne.

Medan mannen köpte biljetter till vår tågresa väntade vi tillsammans i tystnad. På avstånd märkte jag hur han, på ett vänligt och respektfullt sätt, observerade Mage med ögon fulla av ljus och stor stolthet. Jag gillade hur han såg på henne. Vi kände båda som om Mage var full med frön och vår uppgift var att ta hand om dem och plantera dem mycket snart.

De hade känt varandra ett tag nu. Mage hade delat hans själ i två delar för att släppa in livets ljus. Nu var han en av dem som ville ta del av hennes erfarenhet, arv och, ibland, hennes kraft. Mage var väldigt reserverad och försiktig i sitt uppträdande.

Hennes största talang var att veta i förväg, att förutse - hur, var, när, eller med vem. Hon kunde komma mycket nära och känna dina brister och håligheter, men det bästa var att hon kände människors intentioner långt innan de själva visste. De hon avvisade mest var de själviska personer som inte visade och värderade respekt och de som försökte förföra henne från hennes väg. Hon undvek med hela sitt hjärta dem som skröt om kunskap. Hon tolererade inte listiga människor som var oförmögna att samarbeta så hon passerade dem utan att stanna. Hon överlämnade sig till närvaro av ärlighet, det väckte hennes sanna fascination.

Om någon uttryckt sin sanning till henne skulle hon stanna kvar uppmärksamt, andas och sedan lämna. Hon älskade enkelheten oavsett hur grym den var. Frigörelse utan skuld. Frihet är den dolda sanningen som skyms av de egna illusionerna och vanföreställningarna.

Jag minns en dag hennes arbete i en grupp. Mage hade olika gåvor och offer till moder jord och placerade dem synligt för alla. En av deltagarna gick förbi och tog en bra bit av en choklad som låg där. När ceremonin började och deltagaren lyssnade på de första orden från Mage insåg hon betydelsen av denna ritual. Hon kände mycket skam för att ha ignorerat gåvorna och att hon tagit något som tillhörde en helig handling. Hon tittade på Mage med mod att acceptera sitt regelbrott och med ansvar, men Mage bara observerade henne med en blick av kärlek och förståelse. Så hon kände sig förlåten för vad som hade hänt. Båda skrattade som om de vore två barn, medbrottslingar, vittnen till något fantastiskt. Om vi bara kunde vara barn och bara le innan en massa "problem" samlats inom oss.

En dag berättade Mage för mig, "Sanningen gör dig fri men den är också farlig. För mycket ljus är inte lämpligt för vem som helst. "Fram till i dag, finns dessa ord fortfarande med mig och håller och skyddar mig. Något så djupt och komplext kan du bara leva för att förstå. På detta sätt initierar hon dig och lämnar dig under inflytande av ditt eget liv. Det är hennes verkliga transparens. Att vara i hennes närvaro gör att du utforskar dig själv och skakas om tills du äntligen har möjlighet att känna dig själv, framför en spegel som gått i tusen bitar utspridda av din egen närvaro.

Vi lyckades komma ombord ganska snabbt på centralstationen och fortsatte sedan mot den lilla byn Lützelflüh. Jag observerade hur Mage talade till mannen genom kodade ord. Kunskap, erfarenheter, frågor och svar fyllde samtalet och allt pekade mot ljuset. Ibland var hon tyst, men konversationen fortsatte i tystnad på ett annat plan. Han tog in flödet av all visdom. Utbytet var en blandning av livsenergi och ord. Jag kunde bara iaktta i tystnad, kunde inget annat göra då allt redan var gjort.

Lång borta kunde vi se en liten stad, välkomnande med all sin grönska och fantastiska arkitektur. Vår slutdestination var nära och jag kände mig utmattad av den långa dagen. Till slut anlände tåget till den lilla stationen.

Vi tog vårt bagage. En glädje spred sig av att vi nått bergen med så mycket frisk luft. Vi började gå bland allt folk och gradvis blev stationen mer och mer öde. En äldre kvinna försökte hinna ikapp oss. Mage var mycket glad att se henne. Båda stannade i en lång omfamning, som endast två upplysta kvinnor kunde göra. I den fanns den respekt som de hade för varandra. Mannen var glad att se dessa två kraftfulla kvinnor tillsammans och han drog sig tillbaka, som den ledsagare han varit för Mage för att hon skulle komma till den till plats där hon skulle arbeta under de kommande veckorna.

Det var dags att säga adjö. Han kunde inte behärska sig utan omfamnade henne med sådan tacksamhet att mitt hjärta kändes som om det skulle explodera av alla känslor. I det ögonblicket trodde jag att, förr eller senare, skulle samma sak hända mig. Jag var tvungen att finna inre styrka. Separera från henne? Jag ville inte tänka på det just nu.

Hon såg på honom. Jag såg när hon pekade på sitt bröst och sa:

"Ta hand om mitt hjärta. Jag tar hand om ditt."

Detta var en djup men enkel kod som avslöjade en djup initiering.

Vi sa adjö, ärande varandra i våra olika roller. Efter att sagt adjö till honom på stationen, var jag kvar med en känsla av att vi skulle få se varandra många gånger i framtiden. Det kändes fint att säga adjö.

Vi gav oss iväg i en gammal och smutsig bil, men mannen i bilen körde den som en sportbil på tävlingsbanan. Mage pratade med kvinnan och bilen hoppade upp och ner. Mannen hade nu gett sig iväg tillbaka till Zürichs flygplats för att återförenas med sin familj och göra en lång resa till Kap Verde. Det verkade som allt hade hamnat på plats utom min mage, tack vare förarens bilköring i kurvorna. Maga ...

Mage ignorerade mig den mesta tiden och introducerade mig inte till sitt resesällskap. Ibland kände jag att denna kvinna knappast skulle visa sig för mig och samtidigt började jag komma i kontakt med samma space som fanns i hennes dimension. Allt var bra och på det här sättet och lite i taget började jag förstå varför hon lät sig bli sedd och vad hennes syfte var.

Hennes steg var angelägna och diskreta. Jag visste att hon hade en förmåga att omvandlas till ett kraftfullt vilddjur som skulle vänta tills bytet var nära för att förinta det. Min rädsla lät mig se sådana realistiska bilder i hennes närvaro, jag blev rörd av rädslans effekt.

Min uppgift var att följa henne och skriva om henne. Jag påminde mig om att det var därför jag var med henne. Vi var på väg att skapa något. Jag lät mig föras bort genom en mörk gata fylld med rostiga dörrar som var redo att öppnas.

Vi satt i en stor tystnad längs vägen, trots allt högljutt motorbuller. Det fanns frid i allt detta. Det var något magiskt. Bergen inbäddade i landskapet visade sig, tillsammans med grönskan och skönheten, i all sin prakt.

På avstånd tillkännagav kosmos Mages ankomst genom en liten kyrkas ringklockor. Allt var i sin ordning för Moder Jord, för henne och nu för mig.

Några miles bort kunde vi se den plats som skulle välkomna Mage och hennes närvaro. Hon hade redan varit här tidigare i år och undervisat styrka och kunskap. Alla väntade på henne i denna förberedda plats där hon varje natt skulle överlämna sina drömmer och göra det möjligt att öppna för hennes kosmiska närvaro.

En liten väg låg inbäddad bland färger och spindelväv som regnbågar. Snön på toppen av varje majestätiskt berg kunde öppna ett djupt lugn i vem som helst. Mina ögon visade mig ett landskap som berörde mig och jag kände mig så upprymd, kanske var det så här Mage upplevt sin inre värld. Den yttre världen som skänktes oss genom att vara i kontakt med den inre världen, rötterna, bergen, livet...kanske Gud.

Hon hade kunskapen. Det var jag medveten om. Jag kunde bara observera och vänta tålmodigt, detta som aldrig varit lätt för mig. Det skulle snart visa sig varför existensen förenade mig med denna kvinna. Jag levde den bok som jag skulle leverera.

Efter många kurvor på vår långa resa från tågstationen såg jag nu denna magiska plats öppna sig nedanför berget, välkomnande Mage, här där hon nu skulle arbeta. Vid slutet på vägen låg ett vackert hus, kanske 100 år gammalt, här börjar en annan typ av väg. Trädgårdar fyllda med mångfärgade blommor, odlingslotter, olika typer av växter och en liten anläggning där vi kunde ta frukt och en mängd små blad för att göra olika drycker. Det fanns apelsiner, druvor och massor av blommor, allt tillsammans klättrade uppför de höga murarna runt huset. Bladen som nu täckte denna vackra plats visade levande nyanser och på hösten föll löven för att bana väg för den kommande vintern. Träden kände alla årstiderna och skulle hela tiden stanna i sin årstid, sedan bana väg för en ny. Livet regenererar, årstiderna ger oss ledtrådar till inre processer. I sin undervisning skulle Mage få dig att känna dig vital och konstant. I naturen finns allt som liknar den inre världen. Moder Jord uppfann de fyra årstiderna, så att saker inte skulle ske på en gång. Mage skulle varje dag lära oss de mest vardagliga och vanliga saker. Jag var fascinerad och förundrad om jag nu var i våren, där allt skulle återfödas, eller kanske vintern på grund av min rastlöshet och brist på tålamod att kunna vänta. Kanske behövde jag puffas djupare in i vintern först innan våren skulle komma.

"Du måste vara ett frö, vänta i mörkret och snart kommer du då att bli en frukt." Det går inte att missa denna fras så djup och sann?

La Maga. Hur skulle du kunna låta bli att uppleva henne när hon är rätt framför dina ögon?

Vid varje tillfälle försökte jag fånga hennes dimensioner i mina anteckningar. Lite i taget blev jag mer och mer medveten om att jag nu hade levt dem under en tid.

Hon öppnade dörren och gick mot sitt rum för att vila. Jag följde henne och visste att hon kunde känna min närvaro. Jag visste att allt var okej.

En smal hall med en trappa i slutet tog oss till Mage rum. Vi klättrade uppför trapporna med viss svårighet, försökte att inte snubbla över vårt bagage.

När vi kom in i hennes rum gick hon genast till terrassen. En lätt eftermiddagsbris mötte henne, det började skymma i en mild rosig ton. Skymningen förvandlas till tusentals färger som smalt in med landskapet mot berget. Livet var på väg in i stillhet. Allt var i balans. Jag kunde inte hålla tillbaka min förvåning när jag såg att hennes säng var placerad under ett tak som endast hade genomskinligt glas. Exakt under bar himmel.

Även taket avslöjade hennes närvaro. Jag kan föreställa mig henne sova och vakna upp med stjärnorna, med gryningen helt ovanför henne.

Dubbelsängen hade ett duntäcke med stora kuddar och dynor samt filtar i ljusa och klara färger, allt som gjorde denna plats till det perfekta boendet. Jag fick ett kort infall att vilja hoppa i sängen som ett litet barn.

På höger sida av rummet fanns ett litet bord med blommor och märkliga frukter för att Mage skulle känna sig välkommen.

Allt var unikt. Här var den plats där Mage skulle sova. Hennes drömmar och verklighet visade sig för mig, för en kort stund.

Överväldigad lämnade jag henne nu i tystnad på den plats där hon var tillgänglig för alla. Jag gillade idén att hon blev behandlad enkelt, men alltid med de bästa och mest magiska.

Att bo i en sådan enkelhet! Denna plats öppnade längtan till stjärnorna som skulle vara en del av resan de kommande nätterna, mer än vad vi kan önska oss.

Mitt rum var två våningar under hennes. Det fanns tillräckligt stort avstånd för att inse att det var hon som var närmast Guds *källa*.

Min plats var stram, precis som allt jag lärt om mig tillsammans med Mage. En liten säng, mycket enkel med det som behövs för att kunna sova, ett nattduksbord med en lampa för att ge mig tillåtelse att läsa. Ett litet, tillräckligt stort utrymme för mitt bagage. I det ögonblicket, med ett tak och en säng, var allt känt och avslöjat. Jag kände mig hel och full av tacksamhet. Jag hade det väsentliga och jag gillade blygsamheten på min plats.

Jag var trött. Jag placerade mina saker, förberedde mig för natten och öppnade för mina drömmar som skulle få mig att fortsätta att gå när jag var vaken.

Innan jag somnade tänkte jag på varje sak som jag upplevt. Jag började tänka på Mage under stjärnorna. Kanske i bön. Hennes liv som var fyllt av andliga verktyg, hennes förmåga att föra lärandet till platser och människor som skulle bli lärlingar nära hennes kloka och kärleksfulla kraft.

"Kontakt med jorden"

Jag öppnade mina ögon och märkte att ljuset kom in genom fönstret och in på terrassen i mitt rum. Jag antog utifrån kvaliteten på ljuset att det var soluppgången. För ett ögonblick visste jag inte var jag var och kände mig förvirrad. Det tog mig lite tid att minnas att jag var i detta gamla hus, på denna vackra plats och att Mage sov nära mig.

Kvällen hade gjort mig så tyst och nu vaknade jag till fräschheten i morgonen. Jag hade en känsla av att det nu skulle komma en mycket ensam och fridfull tid.

Den kalla luften från berget fanns i varje del av mitt rum och det kändes skönt att öppna dörrarna till den lilla terrassen och andas in luften. För ett ögonblick stirrade jag tomt med en känsla av att platsen sakta förändrades med morgonljuset. Plötsligt kände jag ett behov att undersöka denna plats. Jag granskade mina anteckningar som var i total oordning. Jag hade fortfarande inte skrivit om mitt möte med en initierad och vår resa på tåget.

Jag väntade en timme tills jag hörde ljud från den stora matsalen i huset. Jag vill ha kaffe, min heliga medicin. Min vardagliga relation med denna trolldryck är något som jag bör fundera över snart. Jag borde skriva en bok med titeln *Död av kaffe*. Dess arom och sammansättning, så full med stimuli, var det bästa man kan vakna upp till förutom livet självt.

Jag gillade att komma hem från mina resor med kaffebönor och sedan dricka kaffet och minnas de speciella platser där det odlades. Jag var expert på att känna igen ett bra kaffe. Det öppnade mig för landet och dess ursprung. Jag öppnade mig för Afrika, landet som skapade kaffet. Krigarna av den kontinenten behandlades som primitiva och intog dagliga doser av kaffe för att behålla sin styrka och uthållighet. Clemens VIII själv beslutade till slut att prova kaffe. Medan han smakade, sade han, "Denna Satans dryck är så läcker och det skulle vara synd att låta de ofrälsta ha ensamrätt på den. Vi ska lura Satan genom att döpa den drycken och på det sättet ska vi göra den till en kristen dryck."

Doften öppnade mig nu för min dagliga njutning i livet, ett kaffe fullt av skuggor och synder tills det tog slut. Det var nästan som en budbärare.

Medan jag hittade min väg mot detta nöje, snubblade jag på en man som visade mig vägen till skatten jag sökte. Där, helt oväntat kolliderade vi med varandra och med *vår älskade,* Gud själv.

Det var *onekligen* så att den här mannen, som tillsammans med kaffet livade upp mig så, hade ansvar för viss aktivitet på platsen. Han bar ett vitt förkläde med en lila blomma i ett mönster och med namnet på denna lilla plats.

Hans hår, vågigt, långt och svart, fångade mig mer än något annat. Hans ögon var genomträngande och bjöd in mig till att erövra livet självt. Han var stilig, med brun hud. Närvaron och hans utstrålning lämnade mig helt förtrollad. En alarmklocka ringde i mig.

Omedelbart började vi båda en dans som vi kände igen. Jag ville inte att vår kontakt skulle vara så uppenbar, men det fanns ingen tid att förlora i att förneka den.

Jag blev förlamad av vad jag kände i närvaro av den mannen.

Jag lyckades slå mig ner i en soffa i ett hörn, ett vackert inslag i matsalen. Den var antik och hedrade det gamla huset på sitt magnifika och klassiska sätt.

Min tunga smälte på kanten av koppen, mellan kaffe och lust. Jag kunde bara smutta lite i taget på kaffet och inte försöka att tänka på något annat.

Jag var fortfarande klädd i min pyjamas. En enkel sådan gjord av bomull och lila till färgen. Jag kände mig väl till mods i huset, då de flesta av gästerna sågs i bekväma kläder för de aktiviteter som huset erbjöd. Där jag satt mysigt i soffan började jag titta på mannen som utan föraning hade bedövat mig.

Det verkade som att vi båda var engagerade i en balett av blickar. En bild utspelade sig i mig utan gränser, honan som gjorde motstånd mot hanen innan han tog henne. Även om jag kände fysisk smärta så upplevde jag också nöjet av något så grundläggande och primitivt. Honan tillät livskraften att skapa liv utan att ifrågasätta.

Alla mina porer började känna sig törstiga. Mina bröstvårtor stod rätt ut, bortom all kontroll. Mitt hjärta bultade och där mellan mina ben kunde jag känna orsaken till all existens, utan att tveka eller ifrågasätta. Jag slickade min kopp med blicken och den smekte mig tillbaka. Kaffe gjorde mig till en krigare och stimulerade min önskan att ge mig själv till livskraften med denna främling.

Han vände sin kropp mot mig. Leende, höll han andan och frågade mig det sista jag ville tänka på:

"Är du med *La Maga*?"

Jag var tvungen att ta ett kliv bort från mannen för att inte avslöja min förvåning över denna fråga som nästan fick mig att tappa andan. I detta ögonblick ville jag inte veta något om henne eller ha något med henne att göra. Jag längtade efter att vara fri i kropp och själ. Nu kände jag mig instängd och slets i itu. Mina drömmar av ren skär lust hade öppnat en konflikt i mig.

Mitt namn, ursprung och allt som hade att göra med mig förminskades i den absoluta och viktiga närvaron av Mage. Jag kände mig som ett substitut, en bedragare, totalt absurd. Jag var bara ett följe till den mest fascinerande kvinna och absoluta härskare av denna plats. Jag hade fortfarande inte lärt mig tillräckligt i livet för att veta varför detta odjur kunde sluka mig med sin blick.

Fram till detta ögonblick hade jag programmerat mig att vara med Mage, alltid Mage. Jag höll tillbaka ett raseri.

Bedövad var jag desorienterad i nära kontakt med en möjlig rival.

Jag ville krypa ut ur mitt skinn, för att förstå mitt liv och bli fri från Mage. Jag var väldigt rädd för det rike som jag var på väg in i.

Var detta vad hon kallade initiering? Alla mina frågor kom nu nonstop i mig. Skulle den här mannen vara i exklusiv tjänst för Mage? Jag ville veta varje detalj, varje rörelse. Jag var farligt nära en "riskzon". Nu hade djärvhet kommit in i min själ och jag kunde känna den. En risk som jag skulle ta som den mogna kvinnan jag, så förment, var. Omedelbart gick jag tillbaka till min egen historia, ett äktenskap eller relation, som jag förlorade på grund av min dåliga disciplin. Det spektrum av sår som dök upp i ett enda hjärtslag, från det förflutna till det nuvarande, var en bekräftelse på den terräng som jag försökte erövra.

Under alla dessa år har det svåraste varit att bära ansvaret för *mitt svek och min otrohet*. Vem var jag i detta ögonblick att prata eller predika om vad som får oss att bli en *syndare*?

Jag som försökte att förråda mig själv genom otrohet, jag som egentligen var en tom kvinna visste väldigt lite om min inre styrka. Ibland kände jag mig segerrik och stolt. Vid andra tillfällen, smutsig och otillfredsställd. Med tiden kunde jag förstå: "När jag förrådde mig själv, förrådde alla andra mig."

I några sekunder kom allt detta tillbaka till mig, mitt liv och mitt förflutna och lade en skugga över allt. Jag försökte läka mig genom att fylla mig med nya ambitioner, föga framgångsrikt.

Mina älskade barn som föddes in i flödet av liv. Två vackra ungar. Arvet från livet som placerat dem hos mig. Det verkade som om livet och min oerfarenhet hade spelats ut framför mig när jag var totalt frånvarande. Men trots allt så har jag varit med dem när de växt upp och uppfostrat dem och idag ser jag att nyckeln till allt, var att älska och respektera deras far.

På detta sätt undvek jag att slösa min tid på skam och att mina barn skulle behöva bära eller hjälpa mig. Jag visste sedan länge att skylla på någon inte skulle leda till några lösningar. Att prata med mina barn om det magiska ögonblicket när jag mötte deras pappa var det bästa jag någonsin gjort. Idag är jag säker på att han älskade mig lika mycket som jag inte kunde älska mig själv. Jag som hela tiden letade efter andra saker som måste tas om hand av en kvinna, för att till slut vakna och förstå vad kärlek är. Åtminstone hade jag åstadkommit detta. Vaknat.

Se till att du älskar dem som älskar sig själva, var en av de stora sanningar som jag lärt mig från Mage. Jag kände mig lyckligt lottad. Mitt hjärta fylldes med tacksamhet när jag tänkte på deras far och jag var mycket förtjust i den kärleken. Jag hedrade den eftersom jag förstod att våra barn var frukten av oss båda. Förståelsen, av att ingen separation var möjlig i detta liv utan att vi ärade den, hade gjorde mig ödmjuk och harmonisk. Emellertid, detta förhållande med fadern till mina barn hade alltid saknat något. När du får slut på alla dina resurser ber du om att få bli förflyttad. "Vad som är förbrukat är det som kan ändras", skulle Mage säga.

Väntan i ett helt år för att resa med Mage, hade gett näring åt saker som alltid hände mig, som alltid fi ck mig att hamna i samma situationer. Jag var medveten om att de upprepas om och om igen eftersom jag aldrig konfronterade mig med dem. Jag
ville alltid ha mer, bara lite mer, från människor som jag krävde skulle fylla mina tomrum. Allt detta var ett resultat av att jag trodde att jag "inte" kunde ta hand om mig själv.

I det tillstånd började jag alltid ifrågasätta mig själv, jag ville ta från henne samma sak som jag i många år lyckats ta från andra människor.

Tillbaka i nuet och bort från de tankar som fortsatte tortera mig, återvände jag till mitt kaffe och till detta sexuella odjur, som utmanade min sexualitet så att den pulserade likt en trumma. Han rörde sig, tittade på mig och jag kunde inte identifiera vad det betydde. Jag visste och kände att han var helig för Mage. Intuitionen av en kvinna var något att vara uppmärksam på, särskilt om två kvinnor söker samma sak i en man.

Vi kvinnor är inte upptagna av mannen utan av den andra kvinnan. När en annan kvinna kommer in i bilden söker vi samma makt och begär som medföljer denna vår motståndare. Vi föredrar möjligheten att fightas där ute och vill till varje pris undvika den interna fighten. Därför är det bästa att krossa henne så att hon inte kan skada oss i framtiden. Att göra allt för att få bort henne ur leken gör att vi glömmer allt som egentligen är viktigt för oss. Allt tillsammans med Mage handlade om respekt. Därför kunde ingen av oss röra oss i detta ögonblick, varken jag eller mannen.

Vem var vem i förhållande till Mage? Vad väntade på mig på denna väg med så många skuggor. Jag började ompröva mitt uppdrag?

Kaffet vann kapplöpningen till mitt mörker. Jag behövde hålla fast vid något tills jag kunde se vad som underblåste min väg.

Innerst inne, vad gav liv till denna läckra man och hans fulla lust för kvinnor. Visste han att jag var hans gåva, jag älskade hans drag som jag redan var insnärjd i med stort nöje.

"Vägen genom huden"

Efter mötet och fortfarande chockad av skimret som träffat mina ögon, gick jag upp till mitt rum för att vara med min själ och mjuka upp den en smula. Jag var glad och upphetsad av min tabbe. Jag beslutade mig att ta av mig min pyjamas och sätta på mig ett par jeans och en blommig skjorta. När jag lugnat mig själv gick jag långsamt ner för att äta frukost, medveten om varje steg som jag tog. Jag föll ner från himlen. Jag tog dörren som ledde mig från sovrummen till restaurangområdet och tittade efter mannen som var resultatet av min tidigare erfarenhet.

Nu var jag mer förvånad, vördnadsfull och förvirrad än någonsin. "Snälla ta mig härifrån." När jag nådde frukostområdet såg jag att där, nära soffan, kaffet och källan till min hjärtklappning, satt Mage i vad jag hade förklarat som mitt territorium.

Kontakten mellan dem berörde mig och rörde upp gamla interna strider, skräp som fortfarande existerade någonstans inuti och behövde rensning. De såg mig och de log mot varandra. Jag hade en känsla av att de observerade mig på avstånd och jag kände på mig att jag inte var på säker mark.

Jag försökte dölja mig med min bästa hållning och en attityd av "Det finns inget som händer här och jag bryr mig inte, eftersom jag inte tar ansvar för något."

Jag ville kamouflera mig och gömma mig under bordet. Jag skulle ha föredragit att inte vara sedd, att vara en insekt ovanpå en fralla. Inget av vad som hände hade då inträffat. Min avsikt att gömma mig gjorde mig utsatt från varje tänkbart gömställe. Jag försökte fokusera på den läckra frukosten där jag kunde fylla mina händer och sen min mun med vad jag ville - säsongens frukter, sylter, rullader, havregryn, exotiska frön ... dofter och delikatesser - som gladde mina ögon med löftet om sin utsökta smak. Jag ville inte vara någon annanstans i detta ögonblick förutom att smaka på denna söta och skarpa lust av mannen som tittade i Mages ögon. Så småningom kunde jag fokusera på min tallrik, full av färger. Sökande ett lugn, började jag processa och bli mer medveten om den situation i vilken jag levde. Minuter passerade och de försvann i utrymmet i mig, som ingen kan förstå från utsidan. Där delades berättelser och anekdoter, jag började bli misstänksam. Ibland kände jag mig ignorerad, övergiven och utvisad från paradiset. Men jag skulle aldrig kunna överge mina möjligheter med en sådan läckerbit.

Under lång tid kunde jag bara fokusera på min kopp och min blick. Jag lät mig själv ryckas med i ett anfall av raseri i känslan att vara en förlorare. När jag konfronterade denna situation i mig började jag att reflektera mer och mer. Jag ville sluta vara tvångsmässig och enormt sårad.

Jag höll andan. Jag lät allting finna en plats inne i mig. Gradvis kunde jag i tacksamhet lämna situationen bakom mig och sluta vara ett offer. Mannen var med Mage och jag var tvungen att respektera det. För första gången sedan mitt möte med kaffet, kände jag att jag ville skratta.

Jag började skratta och kom ihåg berättelser om hur kaffe skapade krig och njutning.

Detta var det enda sättet för mig att väva samman alla mina steg i själen.

Mage märkte allt som hände. Vem kunde provocera visdomen hos denna kvinna? Hur skulle någon kunna lura henne? Jag börjar känna att jag inte skulle kunna lura mig själv längre. Jag höjde blicken och när jag mötte hennes blick tittade vi på varandra med ömhet och intensitet. Det fanns inget behov av att prata. Allt var sammanflätat mellan oss. Det var möjligt att konversera i tystnad.

När jag trodde att jag var säker igen återvände jag till min gamla soffa. Fast besluten att fortsätta märkte jag att någon närmade sig. Det var mannen som frågade mig om han kunde få sitta bredvid mig.

Några av hans medarbetare tog också en paus från sina uppdrag. Efter en stund var vi alla tillsammans och delade olika berättelser och anekdoter. Hans ben snuddade mitt och det var omöjligt att inte känna hans närvaro. Mage hade flugit iväg utan att jag ens märkt det, som i en blixt var hon borta från bordet där hon hade intagit sin frukost. Jag erinrade mig hennes allierade leende och det lugnade mig. Den ultimata regeln var att behålla mitt sinne för humor i en nödsituation.

Mellan skratt, kaffe och jubel hade mannen som jag alldeles nyss gett upp, angripit mina sinnen med sin arom av sandelträ och myrra. Hans röst fastnade på min hud som honung. Långa övergivna trummor började mullra än en gång.

Han lade armen över min axel och jag hörde honom säga genom mina förhöjda sinnen: "Vid halv sju i eftermiddag, kommer jag att plockar upp dig så att du kan se templet där mitt hus finns."

Jag vände mitt huvud, log in i hans ögon och efter en lång stund sa jag *"Jag kommer att vara redo och vänta på dig."*

Konflikten i mig med alla mina vapen och sköldar började nu tillhöra mig. Initieringen hade börjat i full storm. *La Maga*, miljön och mannen för livet, fångade mig i ett robust nät med impulser av aptit och passion.

Efter frukost, gick alla till sina uppgifter för dagen. Timmarna passerade inom mig som genom att gammalt timglas, denna gång gjort av sten.

Jag var medveten om varje sekund som gick, handen som höll klockan vred om min själ. Under hela dagen försökte jag hitta någon ledtråd eller idé till ursprunget av dessa gudomliga ögon.

Jag ville tala med Mage, men mina berättelser om "svek" och "rädsla" kom då än en gång. Kanske var jag rädd, nu mer än någonsin, för att bryta med något större. Min övertygelse var att jag närmade mig något som kanske inte tillhörde mig.

Jag var en trasig mast på en segelbåt som snart skulle närma sig den storm som kallades *livet*.

Mage började sitt arbete med de nya initierade. Hon skulle skapa ritualer, sjunga och skramla med sin "rain stick". Att lyssna på henne var som att vara nära det glada ljudet från frön när de når bördig jord. För min del var jag nu ett ljud och samtidigt i den bördigaste jord som jag någonsin skulle kunna vara.

Ibland kunde man också se henne med en pipa, en skatt som hon fått av sina vänner i fjärran länder. Denna underbara gåva bestod av två delar (kvinnligt och manligt). Den kvinnliga delen var en bit akvamarin granit, mycket tung, med inbäddade månar och stjärnor i ljusa vita färger, så vacker. Där fanns ett hål som representerade mörkret, djupt och gåtfullt, det kvinnliga elementet. I denna del kunde du placera tobaksblad som skapade rök i kontakt med kosmos. Från hålet i den kvinnliga delen öppnade sig ett utrymme till det maskulina - det utåtriktade, fallos, vapen, krig - allt som är erigerat. En lång bit av resistent och mycket hårt trä. Vid den tid då Mage monterade denna gåva från universum kunde du känna den energi som gjorde pipan så helig. Omslaget till pipan var gjort av tyg med symbolerna fi sk och en vit björnhona inlindad i en kappa. Där var hennes namn graverat av hennes vänner i fjärran länder. Mage tog väl hand om sin gåva och sina verktyg, särskilt de hon ärvt från anfäder. Pipan hade varit en gåva av en klok kvinna från ursprungsbefolkningen i området Ottawa i Kanada. Det hade gjorts just för henne av gruppens hantverkare.

Musiken, dansen och detta initierande tillstånd av allt runt omkring oss, gav oss ingen tid att tänka eller ifrågasätta något eller någon. Efter denna början på min väg var mitt liv aldrig detsamma igen. Nu kunde jag se hur de nya anlände och visste att deras liv skulle förvandlas till magisk medvetenhet.

Mage fortsatte öppna portaler på sin resa. I dessa skulle du hamna trots din envishet eller kamp. Jag talar om ditt liv som i sin essens aldrig mer skulle vara vilande eller separerande. Mage hade förmågan att väcka allt i dig som du ännu inte lärt dig, tills det förvandlades till nya frön som kan sås.

Du var tvungen att ta in en hel del och sedan kasta bort det lika fort utan medkänsla. Jag försökte hitta en stund ensam med henne där jag skulle kunna prata med henne om ämnet "män". Kanske skulle det vara som vanligt den här gången, med problem som kommit upp mellan oss.

Nu efter att ha förlorat mig själv i mötet med Mage, då jag försökte ta vad som tillhörde någon annan, gick jag omkring och föreställde mig själv i en storm med honom. Timmarna gick, droppe för droppe av mitt öde. Mitt tvivel misshandlade mig, helvetet med denna osäkerhet ledde mig sakta till känslan av seger, glädje och förförelse. Jag trodde att en förändring skulle öppna sig på min väg.

Kraften i hans ögon som fångat mitt hjärta fick mig att desperat söka efter solen. Romantiska tankar for hela tiden fram och tillbaka.

Nu tog jag beslutet att tysta min själ inför Mage. Denna totalt närvarande kvinna, så engagerad, som också valt att leva sitt öde med stort ansvar.

Nu började jag skönja konsekvenserna av mina handlingar och jag började acceptera att leva det kaos som jag tidigare aldrig hade tillåtit mig själv.

Hemma var jag alltid den självbelåtna flickan, allt för att få den kärlek som jag inte trodde jag kunde få på annat sätt. Jag var inte dum. Jag visste att det jag nu höll på att gå in i var en del av det jag behövde för att växa. Att känna ett visst kaos skulle hjälpa mig mycket för att kunna frigöra mig själv från mina konspirationer och för att jag skulle kunna fatta de beslut jag behövde. Bra eller dåligt, det var i alla fall mitt och bara mitt.

Jag hade en föraning….Jag skulle försöka få Mage att förstå att jag hade hittat mitt oberoende och min lycka långt ifrån hennes värld. Trots detta kände jag att varje steg jag började ta kom från en okänd plats. *Att ta ansvar för mitt liv var en allvarlig och brådskande fråga.*

När det gäller min uppgift fram till denna tidpunkt, stod det klart att jag borde transkribera allt arbete som utförts av Mage. På detta sätt skulle jag åstadkomma en känsla av tillfredsställelse.

Jag lurade mig själv. Den gömda sanningen slukade mig inifrån. Skuld hånade mig och mina tankar var inte medkännande, i plågor insåg jag återigen att jag var boven i dramat.

Hur skulle jag kunna se henne i ögonen och berätta för henne att om några timmar skulle jag vara med hennes hav, hennes himmel och hennes jord? Jag visste inte vad den här mannen representerade i Mages liv. Jag kunde ha varit ärlig och frågat, men jag var rädd för att inte få smaka det förbjudna. Nu hade jag vetskapen att jag skulle kunna förlora allt, men denna gång med öppna ögon. Jag gillade idén och den gladde mig.

Återigen fylldes jag av modet att tvinga mig själv att vara ansvarig för detta första dödliga steg av förförelse för att kunna förändra och vara annorlunda. Förvirrad och redo att gå igenom, vad det nu var, gick jag uppför trapporna i det gamla huset.

Jag lade märke till att lampornas ljusstyrka intensifierades med varje steg jag tog. Tanken på att se mig själv belyst mer och mer fick mig att känna att allt var på min sida. För att lära behöver du hela tiden fortsätta att gå. Detta fyllde upp mitt heliga kärl, min kropp, mer än min önskan att följa Mage eller transkribera henne.

Allt närmade sig, minuterna hade nu varit allierade och snälla med tiden och mina känslor. Väl i duschen, kunde jag känna oro inför min böjelse för den man som erbjöd så mycket hud. Lockad av varmt vatten, skannade jag min kropp med mina händer som visste vägen att nå ensam njutning.

Jag undersökte min kropp och de heliga vägarna. Jag visste, vid den här tiden, att resultatet av natten skulle kräva beslut på min fortsatta väg med rädslan. En kamrat för många av oss, rädslan. Skuggan, som gör att vi ryggar tillbaka för kärleken, med alla berättelser och sagor där rädslan släpar och väver en väg som vi börjar resa för att säkerställa och konservera livet. Denna avskyvärda rädsla, du har fått mig att älska dig trots allt. Igår hade jag en önskan att övervinna min tidigare följeslagare, rädslan. Idag handlade mitt beslut istället om mod att möta den.

Idag var idag.

En tomt liv, fullt med missnöje, resulterade i dålig kunskap om det fartyg som bar denna kvinna, jag, som var så laddad med komplex och frustrationer.

Jag har alltid velat veta mer om kärlek för att upptäcka det magiska av det osynliga och om sex som en integrerad del av en koppling till något högre, som en dörr till himlen. Men jag hade tillbringat mer tid att få män att förstå att mina skrik av köttsliga begär i olika former arbetade snabbt så att den sexuella akten blev så kort som möjligt. På det sättet kunde jag fly mina önskningar och behov och ju snabbare en man kunde avsluta desto mindre glädje upplevde jag.

Istället förblev jag i mina fantasier och dolde de intima hemligheter som var mina. Jag kunde inte lita på och visa min hemlighet och mina behov för då satte jag ju den goda och anständiga kvinnan ur spel. Denna självbelåtenhet var min berättelse, så att upptäcka mig själv var brådskande. Jag visste att med tiden skulle jag hitta en man som skulle upptäcka mina inre erotiska labyrinter där jag beskyddade mitt lojala, orubbliga och dolda jag. Än en gång, torterad av lust, kände jag att denna natt skulle svara på alla mina frågor eftersom det var vad jag önskade.

Ibland tänkte jag på Mage, på hennes väg och var hon var just i detta ögonblick. Jag kom tillbaka till mig själv. Jag ville ändra hur jag såg ut, men kunde inte definiera till vad. Vanlig? Öppen? Osjälvisk? Förförisk? Kanske var detta en händelse som inte kände någon klädsel.

Mage angrep mig plötsligt utan förvarning, med tankar och tvivel. Tusen gånger upprepade jag för mig själv: "Hon vet redan om detta möte." Mellan himmel och jord finns det inga hemligheter. Vi är alla anslutna på något sätt. Vi är här för att pusha eller pushas. Hur kunde jag förneka vem jag är och agera som en dum
och oskyldig liten flicka igen.

Själen lät sig inte luras. Om detta händer på denna plats, händer det säkert också just nu på en annan plats. Jag visste detta utantill. Vi är alla ett. Vi tror att vi kan överlista den andra. I själva verket bedrar vi oss själva varje gång.

Jag var, som jag nämnt tidigare, en anhängare av konst som hjälper mig öppna mitt hjärta. Allt som jag gjort med mig själv för att bli en bättre människa var aldrig förgäves. Varje morgon planerade jag hur jag skulle få ut mig ur fängelset, som jag hade byggt av rädsla för att leva ansvarsfullt utifrån min vilja och vad som gjorde mig glad. Det har kommit att bli min dagliga uppgift, varje minut frågade jag mig själv: "Vad gör mig glad? Innebär detta att jag blir glad? Gör det mig lycklig? "På detta sätt kom allt lite i taget och en dag började jag säga till mig själv: "Jag tror det."

Jag är säker på att det gjorde det. Sakta började jag att känna och leva det som jag ville lära.

Jag hade under många år exponerats för alla typer av metoder som skulle kunna kasta ljus för att läka mina sår, de sår som hindrade mig från att njuta av livet utanför det fängelse som jag skapat som jag var så rädd att lämna.

Det slog mig att varje gång jag tänkte på och gick igenom min resa så fick jag mig ett rejält skratt.

Ytterst är vi här på jorden för att lära. Nästan alltid när vi väljer den mest smärtsamma vägen kan vi vara säkra på att vi tog den bästa vägen. Men jag har haft modet att pröva många olika vägar. När någon inte var nog, tänkte jag att nästa kan vara bättre. Under åren insåg jag att alla vägarna var dömda att misslyckas om jag inte agerade utifrån vad jag lärt längs vägen.

Under en lång tid, trodde jag att andra var ansvariga för min olycka och jag väntade på att andra skulle ändra sig.

Lyckligtvis insåg jag till slut att det inte var någon tillfällighet att jag stannade i tomhet, härifrån kunde jag alltid locka samma saker från andra. Jag slutade alltid med att fylla tomrum från utsidan, aldrig från insidan.

Ändå hade allt varit värt varenda sekund, även om det hade varit tufft. Nu när saker och ting passerat och fått mig att växa, hade livet börjat vara roligt. Ibland säger jag till mig själv att jag gillar att hitta den svåra vägen, att jag gillar att växa. Jag upptäckte att det svåra är att leva och det mest bekväma är att sluta. Ingen misstänker att, när vi är på väg att lämna är vi bara ett litet steg från *Gud*.

Styrkorna i livet är nästan oläsliga. *Detta att vara vid liv är en allvarlig sak!*

Först är processerna externa med kroppen, utseende, det heliga kärlet, templet och vad majoriteten ser från utsidan. Vi kan säga att processerna handlar om de gränser som skiljer ljus från mörker, huden och "the spirit".

Jag har aldrig känt mig attraktiv. Jag var aldrig nöjd med mig själv. Från början fanns dieter, reducerande massage, mindre operationer, en hel del sol för att uppnå en brunbränd lockande hud och en massa träning. Dessa aktiviteten upptog en stor del av mitt liv för att hitta den perfekta formen.

Jag tränade många timmar per dag i ett gym, där jag hittade en tillfällig och kortsiktig lindring. Så småningom började min fysiska kropp dra sig tillbaka och bli utarmad, världen började bli tom och destruktiv.

Det var på den tiden som jag började misstänka att jag hade ett behov av andra vägar, eftersom jag trots den perfektion och skönhet som jag såg i min kropp, kände mig förrådd och mycket ihålig.

Jag dög inte som jag var för mig själv. *Jag var till för andra.* Jag sökte mig själv så mycket utanför mig själv att jag helt försummade mina egna behov. Jag hade ingen aning om att jag hade så många frön som behövde så mycket vård. Vatten, ljus och mycket kärlek. Mina frön var försvunna från tidens gång. Gröda efter gröda slåss sinsemellan för att förvandlas till frodiga lundar. Min trädgård var i riskzonen, mina blommor var utrotningshotade.

Dag efter dag gömdes mina färger av en mörk skugga. Min försmak för att kontrollera allt, min arrogans och liten omsorg och självrespekt äventyrade mina fyra säsonger. Jag bodde i en evig vinter. Den lilla värme som jag fick var otillräcklig för allt som behövde blomstra och explodera inom mitt eget liv.

Väntan på andra och förminskningen av kärleken till mig själv, blev de viktigaste striderna för att växa.

Jag alternerade motion och rutin med piller bl.a. antidepressiva, en tunn själ med överskott av frånvaro, blandat med en oändlig bitterhet. Ett tag var jag tvungen att ta många mediciner. *Allt var mycket långsamt.* Då och då hjälpte det mig att söka passion och då, när det gick för fort, sökte jag mig omedelbart till de kemiska produkter som tillskrevs mig för att bromsa takten. På detta sätt blev mitt liv en känslomässig "jo-jo", som lämnade mig maktlös i att kunna avsluta spelet.

I raden av försök vill jag nämna några som förde mig in på den väg som ledde mig djupare in i processerna mot en säker "död", eller ska jag säga, "vägar"... Det var omöjligt att inte gå in i dem. Från dessa erfarenheter förstår jag idag vem jag är och hur jag ser på livet som människa. Ett högt pris, skulle jag vilja säga.

I mer än 20 år gick jag konstant hos terapeuter och healers för att söka botemedel för själen, både ålderdomliga och nya såsom psykoanalys, gestaltterapi, imagoterapi, kroppsterapi, transpersonell terapi, psykologi, psykiatri eller annan psykologisk hjälp. Det var en "parad" med många av de senaste metoderna. Men jag ville inte överge någon av de behandlingar som jag försökte med parallellt, både de institutionella och de jag gjorde i hemlighet som inte var socialt godtagbara.

Meditationer, andliga retreater, reiki, metafysik, fasta, terapi med mandalas, dansterapi, massage, kampsport, tobak läsning, sekter, celibat och hängivenhet till den andliga och ändå förändrades inte min lycka så mycket som mina förväntningar.

Behandlingar eller botemedel började ge effekt i sinom tid eller kanske var jag i min egen tid. Saker försökte att transformeras inom mig och jag började förstå att ingenting hade en lösning om inte "Jag" bestämde att med uthållighet, vision, entusiasm och kärlek älska det jag *ville ändra* eller definitivt *titta på*. Cyklerna och upprepningarna var nu så uppenbara, att de började vara problemet. Jag var utmattad, frustrerad och besatt av ilska. En vanlig missbrukare utan själ. Förbittring eller andlig turism var min ständiga lek. Den största andliga meriten är ens eget liv.

Slutligen i denna totala tomhet försökte jag droger, mjuka sådana, både legala och förbjudna sådana. Jag började med marijuana eller cannabis, senare lite kokain i kombination med alkohol. Mitt liv fortsatte emellertid att vara övergivet och inte ens droger gav mig en glimt av ljus, åtminstone inte det jag kunde dra nytta av. Jag insåg att jag inte kunde förlita mig på någon eller något. Allt började utvecklas till den djupaste ensamhet som jag någonsin haft. Det fanns ingenting utanför mig som skulle göra mig gladare än att börja gå mina inre vägar. De som, i det långa loppet visade sig vara de svåraste, svårare än någon annan process eller erfarenhet som jag någonsin hade upplevt.

Ofta tänkte jag på galenskap som ett alternativ. Depression och sjukdom sträckte ut sina armar mot mig. Men min själ gav inte upp. Jag hade en stark vilja att hitta mig själv. Sökandet ledde mig till en själ full av skuggor. *Vägen till helande var mer som en ständig rörelse än ett lyckligt slut.*

Känslorna var ägare av de platser som jag inte kunde aktivera, sovande och med tusentals sjukdomar. Kort sagt, det fanns inget lugn att vägleda mig i någon säker riktning.

Sorgen var överväldigande med inget ljus alls för mig. Jag har alltid trott att jag kom från en dysfunktionell familj och det var min mest underbara upplevelse när jag insåg och accepterade att det var så. Jag visste vad "Stockholmssyndromet" (1) var.

> (1) Stockholmssyndromet är ett psykologiskt tillstånd där offer vid en kidnappning, eller en person häktad mot sin egen vilja, utvecklar en relation för att medverka med sina kidnappare. Ibland kan fången börja hjälpa förövaren för att uppnå sina mål.

Så småningom, plockade jag isär verkligheten. Jag tillät mig själv att känna
skräcken i min kropp i att vara på väg att förlora mitt liv i händerna på
den kvinna som hade gett det till mig, *min egen mor.*

Få människor kommer säkert in till livet. Att födas in i detta liv är en underbar process lika väl som komplex och svår. Vi tar med oss och bär en uppgift som är värd att minnas, så att den inte slår tillbaka mot oss på vår väg. När vi föds vet vi allt om vad döden innebär. På ett tyst sätt bär vi det som ett minne i varje cell. Det stannar som en tatuering på varje atom i kroppen. Detta är oundvikligt. Utan att vara medvetna känner vi den hemska erfarenheten av födelsen i resten av vårt liv. På detta sätt kan vi spendera en livstid, utan att konfrontera den sanning som kallas "rädsla för att leva."

Varje berättelse är alltid så subtil och våra sår gör det inte möjligt för oss att se på våra föräldrar med tillit. Speciellt "henne" givaren av livet, vår Moder. Vi försöker radera denna erfarenhet, utan att lägga märke till att minut efter minut blir vi mer indragna och obotliga. Berättelserna och smärtan som inte tas emot med ansvar blir verktyg för de spöken som vi gång på gång står inför på vår väg tills vi kan omfamna och älska dem. Se, erkänna och älska. Då kommer möjligheten att spola tillbaka varje sekund och förvandla dem till något nytt. Annars är vi dömda att gå runt i tusen cirklar tills vi möjligen kan förstå lite av vad ljus innebär.

Jag insåg att genom att utveckla överlevnadsstrategier som barn var jag tvungen att ge upp kärleken. Pojken eller flickan som lär sig att älska eller som verkar göra
så, är den som styrs av händerna på sina kidnappare. De kan vid varje given tidpunkt avsluta livet självt. Allt detta innebär inte att föräldrarna är "dåliga". *Det är vår kropp som hjälper oss att förstå att vi måste ta hand om och vårda oss för att bevara vårt liv.*

Livet återskapar sig med kärlek, men bara ibland. Det är vårt jobb att hitta den sanna innebörden av vad vi alla försöker förstå, i det överanvända ord som har blivit den största gåtan genom tiderna, *Kärlek.*

Barnen som är bortskämda och som lider av många olika problem, även låg muskeltonus, hatar sina föräldrar för att de inte gett dem rätt styrka att gå. Det är den energin som sårar oss och gör oss till stora krigare. Allt kan transformeras, inget öde är ofullständigt från början.

Att förstå detta hjälpte mig att förstå att min egen mor var den perfekta behållaren så att mitt klot kunde landa på marken. Jag sökte alltid hennes kärlek och många gånger kunde jag hitta den ... mitt hjärta beslutade att hitta den. Klagomål, sorg och ilska var nära att vinna loppet mot kvinnan som ville växa upp och bli ansvarig för sina handlingar.

Att växa upp i en familj där allt är förhandlingsbart väcker vår intuition. Priset kan vara högt eftersom vi alltid är bra på att ha kontroll och misstro, vi lever i ett permanent tillstånd av byteshandel. Vi vågar inte älska, eftersom vi inte vet vad innebörden av det ordet.

På grund av min envishet att söka smärta utan motiv, förlorade ibland mina egna barn glädjen när de var nära mig.

Jag längtade efter perfektion, att vara felfri, korrekt och tillmötesgående. Jag visade min rädsla över att inte veta hur man lever. Med alla dessa misstag insåg jag att den enda chans jag hade var att omstrukturera min historia, från mina förfäder genom mina celler, för att kunna glädjas i nuet. Till att alltid känna igen min intention.

Efter att ha accepterat dessa stadier som gåvor, inte som problem, började mitt
känsloliv ge vika för något som jag hade varit helt ovetande om. Detta var min uppgift och mitt åtagande, att ifrågasätta mig själv dag för dag och bygga en väg, utan att hålla mina kidnappare ansvariga för min överlevnad. Lättja är utan tvekan missbruk av kreativitet.

Jag började på mitt eget sätt göra interna rörelser med mycket stor ansträngning. Denna process transformerade mig till att födas på nytt. Den fortsätter fortfarande med olika nyanser, såsom säsongerna under ett år. Medan jag berättar denna del av min historia, tänker jag fortfarande på Mage och mannen. Dessa bottenlösa kärl fyllda med vad jag visste, skulle kunna bygga en bro till att jag skulle kunna njuta mer av mig själv.

Under de utmanande åren som jag var tvungen att simma till stranden av mitt inre upplevde jag att jag fördes tillbaka till livet. Jag tog beslutet att älska min mamma, gå hennes väg, svälja henne in i min själ och förstå att utan kontakt med henne skulle jag inte komma någonstans.

Denna process drog bokstavligen av mig huden och skapade en annan. Det innebar att jag demonterade strukturen av alla dessa traumatiska år, full av idéer, mutor och vredesutbrott. Jag gav mig in i de allra svåraste saker jag kunde, som gjorde att min värld kunde omvandlas till ett paradis fullt av ansvarstagande, tack vare den inre alkemin i mig. Det är det sårade barnet som söker bekräftelse från sina sår och skyller andra för sina misslyckanden. Konsekvensen av det är brist på kontakt med den verkliga kärleken. Det sätt som vi accepterar vår mamma på är samma sätt som vi tar varje dag i vårt liv. Varje dag hade jag vaknat upp och funnit händelser i min historia som hade att göra med att jag var i fara och att ingen var där för mig. Vad skulle jag göra? Tja, jag började praktisera att jag faktiskt andades, sen tittade jag på händelsen och ändrade den inom mig. Bara att pröva en händelse, utan att vilja ändra något i den är en eld som, även om det brinner, kommer att rena dig. Den lilla insikten av att ha styrkan att kunna göra det var redan healing.

Tack vare dessa steg började jag att älska kvinnan som är inom mig, mina menstruationer och det liv som jag hade gett till mina barn. Jag började älska den man som tog mig som sin kvinna och gav mig hans barn. Jag började känna mig själv som mor, förstå den skräck det var att som kvinna sätta liv i fara i varje handling som ger liv. Jag sökte efter namn och berättelser om mina mormödrar och deras mödrar, deras frustrerade förälskelser, förluster, fattigdom och orättvisor. Allt detta var bara början för att komma i ordning, framför allt med mig själv.

Genom att älska mina föräldrar, kunde jag transformera mig själv utan att skära av livlinan. Jag förstod att min uppgift var att ta emot vårt ärliga och underbara arv som människor. Den största utmaningen var nu att utifrån glädje hitta min plats och vad jag skulle göra. Under dessa år av sådana fantastiska processer dök Mage upp, som en fjäril, full av färg och möjligheter. Hon var en himmelsk händelse i mitt liv som fick mig att se, utan att tvivla, vad jag behövde avtäcka.

Mage guidade mig till att utforska min själ och mitt ursprung. Jag förstod varför och hur min känslomässiga skräck formade mina sår.

Varje känsla är ansluten till en tanke. I sin tur är varje tanke sammankopplad till en berättelse. Att "hela" berättelserna är att se dem från en annan vinkel, valfri vinkel, utan att försöka ändra dem, utan att döma och slutligen manifestera möjligheten att öppna nya vägar.

Jag började se helheten i stället för det lilla och att förstå allt som effektivt stöttat mig.

Till slut kom jag att känna och förstå mina föräldrars kärlek och kamp i en historia med självmord, övergivenhet, slaveri, prostitution och galenskap, för att bara nämna några av de öden som påverkat dem mest. Allt detta formade bilden av de berättelser som nu var exponerade med mer klarhet i mitt liv. Jag insåg med stort lugn och respekt att jag tittade på mitt förflutna för att kunna fortsätta på min väg, stoppa själviskt beteende och se den tid som gått förlorad i rynkorna runt mina ögon, full av mysterier och legender. Jag hade nu fått mig en lektion i stor ödmjukhet och gradvis kunde jag återställa en intern och harmonisk ordning i mitt liv. Jag började göra något nyttigt som jag njöt av. Varje dag, varje dag. En utbildning för livet.

Därifrån lyckades jag nå en opartisk plats. Jag experimenterade med att mina ben snabbt växte in i ett nytt liv som skulle vara fullt med utmaningar och sanningar.

Såren blev en mantel av stjärnor. Jag känner och andas dem. Jag gör dem till mina. Nu ser jag på mitt temperament med tacksamhet. Ingenting är vackrare än att kunna se tillbaka och le, känslan är nu att alla stöttar mig på min resa.

När det regnar mycket hårt spelar det ingen roll var jag är. Jag stänger mina ögon och får applåder från den jordiska himlen. Det första steget i att frigöra sig själv är kärlek.

Jag söker fortfarande, men i en annan dimension. En av dem är att vara med Mage och föra vidare hennes arv, hennes gåta, den dörr som nu öppnar sig för mig som en gåva för vad jag har åstadkommit på min väg som jag går. Särskilt förra året visste Mage exakt vad jag hade för läxor att göra för att nå den plats där jag befinner mig nu:

Min lilla fl ickas sår, tonåringen förrådd av att inte veta själens väg. Tron på att kärleken är blind, som att ge allt för att få och tigga om kärlek. Hon som är så törstig efter kärlek, mer än vad hon kan förstå. Nu, denna kloka kvinna som har en förstålse för det eviga och vad det är "att vara".

Spindelväven, fi nt konstruerad för att fånga något, behövde få mig att känna mig oerhört instängd, för att jag skulle kunna ta mig ut. Det enda jag nu var säker på var att jag skulle lita på och tro på varje ögonblick för att komma till helhet.

När jag slutade med att se livet genom mina sår visade sig en väg som hittills var okänd för mig. Ingenting förändras förrän vi förändras.

Allt hade en grogrund för att kunna växa.

Att bli väckt har att göra med att upphöra att vara okunnig inför livet.

Misstro och frånvaron av tro är den vackraste väg vi måste gå för att komma fram till oss själva, Gud, "One".

Överraskande nog är mekanismen för att undkomma varje form av rädsla en tyst motor. Allt är uppbyggt kring rädsla. På grund av rädsla har vi förlorat oss själva i okunnighet. Det sköraste livet och det mäktigaste livet är inom våra egna rädslor. Härifrån måste vi ta konsekvenserna av alla våra handlingar och val.

"Om jag förändras så förändras allt"

Klockan talade om för mig att tiden för mötet hade kommit. Denna vackra eftermiddag fick mig att känna mig lycksalig. Mitt hjärta var som en virvelvind och min önskan var att vara med "mannen". Han skulle hämta mig halv sju. Från huvudentrén i det gamla huset där jag nu stod, hemmet till de vackraste blommor som jag har sett, blev jag omskakad av utsikten över bergen och himlen precis som från kosmos av Mage.

Min klädsel var lämplig för en karneval av sensationer med stora byxor i många färger, en orange skjorta, en sjal som jag fått från en mystisk, vacker plats kallad Tikal på guatemalansk mark. Varje knut i det vävda tyget uppvisade en blandning av historia och kultur med tempel, vandringsleder, djungel och plantor investerat i essensen av sådana härliga textilier.

I mitt beslut att acceptera mötet och till varje pris vakta min lycka dök så det bekanta ordet "skuld" upp för att skrämma mig. Sammanflätad med flickan, fortfarande osäker och på jakt efter godkännande och bekräftelse, valde jag att andas och ta emot äventyret med denna man med så vackra ögon. Allt jag gjorde gav livet mening.

Jag tittade på klockan igen och insåg att den överenskomna tiden redan passerat med några minuter. Denna "timme" skulle aldrig återvända igen.

Jag tänkte då på nuet och dess alternativ.

De gamla demonerna som fanns i mitt sinne började undra. Jag beslutade att inte mata dem utan och att stanna med sanningen i nuet som passerar förbi.

Genom att inte försöka lura mig själv och kunna konfrontera sanningen blev jag klar över att min enda rädsla just nu var att möta Mage och behöva ge henne en förklaring. På grund av detta var varje sekund skrämmande.

Jag konfronterade mig själv genom att säga: "Det finns inget att dölja. Du har inte gjort något fel". Stockholmssyndromet dök återigen upp på sitt gamla sätt från det oförglömliga förflutna. Men den här gången fanns det inga kidnappare närvarande i mitt liv.

Jag var den enda nu att möta mitt ansvar, så jag stod där som en självsäker kvinna och fortsatte att vänta på min stjärnbärare.

Under några minuter gick jag runt det gamla huset. Jag tittade uppmärksamt på varje välordnad detalj som gjort allt till en mycket speciell plats. Ljus placerade vid varje steg, utanför olika hus och i varje hylla av sten, som tändes dag och natt. Behållarna av dricksvatten för gästerna hade något sorts lock av kristall som tillät ljus att spegla sig i denna dyrbara dryck. Skulpturerna var enkla stenar, ordnade efter storlek för att ge den perfekta balansen i att stödja varandra.

Fontäner fulla av rinnande vatten skapade en mycket naturlig melodisk symfoni. Hängande drömfångare prydde varje hörn, vilket gav spindlarna sina hem.

Jag gick med rytmiska steg och slöt ögonen för att se inåt, njöt i förundran och började föreställa mig det yttre som en manifestation av vad jag önskade mest. *Jag förändras och håller inte längre fast i det förflutna.*

Jag njöt av skakningarna i mina ben och doften av min själ.

Djupt inne fanns en kvinna fylld med färger och resor. Jag började förstå ordet öde och med entusiasm leva det. Jag var alert och vaken. Nu kunde ingen ta ifrån mig känslan av att ta steg tillsammans med mitt hjärta.

Jag började gå nerför den lilla backen varifrån man kunde se hela huset. Återigen påminde detta vackra landskap mig om den exakta tidpunkten när själen längtar efter att ge sig möjlighet att förändras, precis som våren.

I en liten trädgård fanns en damm fylld med fisk. Jag tittade på dem undrande: "Hur kan de överleva vintern och fruset vatten?" Jag föreställde mig hur det skulle vara att existera där, utan att tänka på någonting, bara vänta på en förändring i syfte att leva.

Jag försvann i tusentals obesvarade frågor. De var bara fiskar, inget annat.

De skulle vänta på varje årstid för att kunna ge näring åt vattnet, för livet. När jag gick sakta framåt och njöt ensam av min promenad observerade jag den blå himlen. Längs vägen kom jag till ett träd fullt av äpplen. Jag tog två, ett för mig och ett för min lilla flicka.

Jag gillar tanken på att ge gåvor till min inre lilla flickan någon gång då och då. Denna flicka går på en promenad med mig varje gång vi har lust. Vi har så roligt och vi tillåter oss att göra rackartyg. Hon gillar glass och jag låter henne dansa tills hon är utmattad.

På så sätt håller jag henne lugn och talar om för henne att den vuxna kvinnan tar hand om viktiga frågor och hon behöver inte störas av det. Det är mitt ansvar att krama henne så att hon upptäcker den sanna kärlekens väg, hindra henne från att känna rädsla när det inte finns någon anledning. Hon får näring från mitt hem och får sakta växa upp, lite i taget och bygga sitt hem. Härifrån börjar vi förstå vad healing är och möter den healer som vi är, vi själva. När jag kunde se mitt liv med glädje, tacksamhet och respekt blev jag *överraskande* väldigt glad.

Jag hade nu glömt tiden och börjar känna kylan i mitt ansikte. Ändå var mitt hjärta fortfarande varmt, fullt av årstider, varje sådan som var villig att ge plats för nästa. Allt i sinom tid. Jag tittade upp och såg ett enormt fält av majs några meter från vägen. Min idé var att förvandla det till ett gömställe, där jag kan hitta mina egna önskningar och förtrolla mig. Jag rustade mig för att beröra och observera. Jag gick sakta in i fältet fullt av bördiga stjälkar. Hela jorden är full av mirakel. När jag tittade närmare på majsen fick jag nya och spännande sensationer. Jag hade aldrig tidigare gått in ett vykort.

Formen och arrangemanget av varje litet korn, som skyddas av majssilke, av sina blad. Ordningen, den perfekta sekvensen omringade mig i tusental. Allt fick mig att inse att himlen var på jorden. Den största manifestationen förlorades genom att inte vara vaken.

Kanske var det som hände mig just nu att jag började vara vid liv och så medveten om allt omkring mig. Allt slutade vara vanliga saker och blev istället magi framför mina ögon. På så sätt blev det en resa utan återvändo. Plötsligt kände jag att jag var i en labyrint skapad av naturen och jag nöt av den innerligt och med stor glädje. Jag undrade: "Vem vet var jag är nu" Jag föreställde mig mina nära och kära. "Vad gjorde de nu?"

Jag blundade. Jag kramade innerligt de växter som var hållare av så mycket frukt, allt för att jag skulle kunna känna min kapacitet att expandera min längtan efter kärlek till mitt folk. Min intention var nog. Jag lät dem veta att jag var där jag ville vara. Jag visste att frid var tillräcklig för att tysta tankar och berättelser som alltid skulle kunna upprepa att tortera oss. Vi är ett från början genom att vi vet att vi är tillsammans och i kontakt.

Därför skulle färden fyllas upp med kosmisk och oändligt kontakt. Jag kände mig så glad att jag kunde överraska mig själv i ett främmande "space". Jag var nu tvungen att lita på det. Om jag var glad, skulle andra bli det också ... eller kanske inte. Om inte, var jag då tvungen att acceptera det också. Jag tittade igen på majsfältet och mindes *Popol Vuh* och berättelserna om de amerikanska indianerna. Jag kände bondens hand och magin i planteringen som så småningom skulle skördas. Visdom från kvinnan, kännare av dessa frön, symbol för fertilitet i landet, livgivaren.

Den eftermiddagen med promenaden, sol och gåvor, gav mig förståelse av något grundläggande och kraftfullt, inget frö har ett slut. Livet ger alltid mer liv genom det.

Med denna känsla, djup och enkelhet på samma gång, började jag komma ut ur den universella labyrint som omedvetet hade bjudit mig att föras in i krafterna i livet och dess sanna vägar. Jag skickade välsignelser till mina frön, mina barn och de människor som hjälpte mig att växa (i min smärta), till varje person som jag hade sårat utan att ens veta det. Vårdslöshet med mig själv och blindhet hade varit mitt verktyg för tillväxt för en lång tid.

Inuti fanns underbara bilder, jag kom särskilt att tänka på en: "Jag ville vara varm, doppad i smör, redo för att slukas genom en hungrig man som väntade på mig." Blotta möjligheten att han skulle inta min kropp lite i taget gjorde att tiden började passera långsammare.

"Söker efter korsningen"

På avstånd, på kullen, kunde jag urskilja ljudet från en liten motorcykel. Den närmade sig på vägen. Bit för bit började vykortet vidga sig. När den stannade framför mig, visste jag att kvällen plötsligt hade börjat. Jag insåg att det här var riddaren som jag hade väntat på. Han såg ut som en modern Quijote. Han var verkligen en karaktär, som hämtats från en tecknad serie och jag var glad att ingå i denna berättelse. Jag kunde inte hålla mig för skratt. Han gav mig ett leende som om han var en helt nyvaknad sol. Utan ett ord mellan oss bjöd han mig att stiga upp på sin motoriserade häst och vi gav oss iväg. Att åka bakom och hålla hans kropp kändes som en välsignelse för mig. Jag kände en fläkt av frihet, medan landskapet öppnade oändliga möjligheter för oss.

Jag blundade och kunde känna nyanserna i livet i den kyliga vind som smekte mina kinder. "Hur kunde du sätta samman allt detta?" undrade jag. Jag log mot universum som än en gång presenterade mig för en ny väg bakom en enkel dörr som samtidigt var välsignad.

Jag upplevde ljuset från skymningen som något unikt. "Den violetta timmen", som Mage skulle kalla det. Där förvandlas allt - bergen, ensamheten, jorden full av expansiv näring. Jag kände mig helig. Jag bad en bön till himlen ovanför och sade:

"Tack moder!"

Detta var den sanna portalen till universum. Jag själv var nyckeln. Jag hade så länge sökt efter vägen till den dörren. Tårarna rann okontrollerat nerför mitt ansikte, men den här gången var de annorlunda. Jag kunde njuta av dem som om de vore en delikatess. Jag kände min kropp på jorden och för första gången var jag beredd att ingå i sann andlighet.

Jag kunde inte sluta tänka på Mage. Jag var tacksam för att hon visat mig vägen. Jag var med henne och detta innebar att magi skulle öppna allt och för alltid. Jag kände en stor uppskattning för alla de vägar som jag tagit, för alla människor som hade slagit följe med mig och framför allt, för att jag aldrig gett upp, eftersom jag hela tiden sökte vidare.

Från ingenstans och mitt under mitt stora äventyr med min riddare blev allt färdigt inuti mig och allt fick mening. *Jag kunde bara ge mitt tack till helheten.*

Nöjet av vinden fick mig att känna känslan av den gemenskap jag var i. Jag hade inga ord. Längs vår lilla tripp på bara några kilometer svävade min kropp, då jag höll hans kropp mot min, i en djup önskan att omfamna honom. Utan förväntningar, planer eller avtal, lovade jag mig själv att bara ha det bra.

Att bara leva i nuet i detta välsignade ögonblick så nära, *utan förflutet och framtid,* var nu mitt nästa steg.

När en väg byggs på sanning är den gjord mellan ett hej och adjö.

Det utrymmet av medvetenhet, är när du upptäcker det mest underbara som finns eftersom det tillåter oss att komma bort från såren och hindra oss från att placera en extra börda på de drömmar och förväntningar som vi har, de som i allmänhet aldrig uppfylls.

Slutligen kom vi fram till vår destination. Kylan hade genomborrat min själ. Min näsa var frusen, i fullständig kontrast till resten av min hud. Inget av det jag hade på mig var lämpligt för säsongen, än mindre för en åktur på motorcykel. Jag kunde hejda mig själv från att klaga och dölja kylan som tog tag i mig. Mannen tittade på mig med en rörande ömhet. Jag visste att mitt leende kom från den medvetna sanningen i mig som jag nu erkände för mig själv. Jag var frusen och stel.

Det första jag observerade var ett schweiziskt hus, med snidat tak i form av vågor. Jag kunde se ladan till huset med sina maskiner, som fortfarande var varma efter att ha avslutat sin arbetsdag. Det var fantastiskt att titta på djuren, särskilt de enorma korna med sina kobjällror, vars ljud skapade ekon från det förflutna. De kunde fortfarande se solen som sakta gick ner mot horisonten. När som helst skulle den ge utrymme till natten och vad som gömde sig där.

Han tog mig i handen och hjälpte mig av med sjalen och guidade mig till ingången av huset.

Innanför dörren till förrummet fanns en gammal damm där djuren brukade dricka vatten och den hade nu förvandlats till ett dekorativt objekt. Nu var det en önskebrunn. Ljudet av droppar som gjorde ringar på vattnet lämnade mig helt hypnotiserad och förbryllad. Det var som om gudomliga portaler var på väg att öppna sig.

Vänligt öppnade han dörren och uppmanade mig att ta av mina skor. Efter att han gjorde samma sak med sina skor observerade jag hur och med vilken omsorg han placerade mina skor bredvid sina.

Efteråt tittade han på mig och sade entusiastiskt:

"Det finns två dörrar och en väg. Vilken skulle du välja?"

Aldrig tidigare har jag fått ett sådant gåtfullt och frestande förslag. Jag blev medveten om mina tvivel och min rädsla för att göra ett misstag. Med diskret röst sa jag: "Den till höger."

Min riddare log som om mitt val var det svar han hade väntat på. Jag själv undrade vad som var bakom dörren till vänster. Omedelbart, viskade han i mitt öra: "Jag förväntade mig inte något mindre av dig."

Så sa jag till mig själv: "Låt oss fortsätta."

Dörren öppnades något. Långsamt fördes jag in i texten till *Tusen och en natt*. Doften av myrra agerade som en balsam och förde mig till en oändlighet jag visste fanns i min själ. Arom av myrra. *Parfym eller medicin? Sensuell doft eller drog? Myrra...*

Min kropp anade passagen fylld med denna doft. Villigt njöt jag av atmosfären och dess förtrollning.

Musiken som flöt runt i rummet framkallade en dikt av Rumi som nu dansade på jorden i synkronisitet med kosmos och dess innerlighet. Allt dansade i ljus.

Kuddar gjorda av det finaste silke och mattor utlöste mina fantasier och gav mig en föraning om min resa till en annan dimension.

Här hade du kunnat skriva berättelser om kärlek och äktenskapsbrott, eller berättelser om ridderlighet och passion. Scen efter scen med mystik förenades i denna arom och hägring, av kvinnan. Jag blundade och kunde känna närvaron av *Scheherazade*, hon som förtrollade alla med sina berättelser för att knyta an till livet. Sängen blev nu tydlig i ett hörn, platsen liknade ett palats, ett slags arabiskt tält där de tusen myterna av arabiska nätter skulle återskapas i denna version av den tidlösa bok som nu fortsatte att skriva sig med mina erfarenheter.

Jag försökt anpassa mig till situationen för att undvika att visa min förvåning och fascination.

Han bad mig att slå mig ner och göra det bekvämt för mig i vardagsrummet. Jag tittade runt och satte mig ner på golvet vid ett lågt bord där det heliga uttrycktes i form av delikatesser, frukt, pinjenötter och kakor för gäster. Där fanns också otaliga kryddor, för mig nya till doft och smak. Två koppar stod obevakade och väntade på te. Dess doft framkallade Mellanöstern. Plötsligt föreställde jag mig att dess ångor steg och viskade i mitt öra från mysterierna av det osynliga. Det magiska i föreningen av två människor.

För ett ögonblick var jag ensam. Så sa han: "Du är i ditt tempel, gör det bekvämt för dig." Jag kände mig fri och återigen började jag utforska rummet.

Jag hörde ljud från köket som gjorde mig medveten om att något höll på att göras i ordning. Jag steg upp från golvet och gick till ett avlångt bord bakom en vägg. Det var inte lätt att upptäcka. Jag stannade och insåg att det inte var ett bord, utan ett heligt altare. Jag var mållös, förlamad av den andliga värld som öppnade sig för mig. Under de tröttsamma åren av sökande, klängde jag mig fast vid så många saker, lite i taget, för att sedan avfärda allt tills jag inte hade någonting kvar. Det verkade som att allt jag kastat i papperskorgen nu ännu en gång återvände framför mina ögon. Men min tro i form av en mängd olika föreställningar, energier, religioner och känslor kunde nu inte hjälpa mig att definiera vem jag var.

För en sekund trodde jag att jag fallit i en fälla. Jag mådde så dåligt att jag nästan svimmade. Jag mindes min ilska och hur jag upphört att tro på allt eftersom ingenting hade fungerat. Musiken liksom dansen i de levande ljusen fortsatte att göra mig yr. Doften av rökelse påminde mig om att det var en symbol för att hedra och respektera gudarna, men också en del i ritualen av uppoffringar. Den tusenåriga känslan tog mig till nuet. Jag var tvungen att gnugga mig i ögonen och hålla mig lugn. Detta bakslag var så verkligt att jag fruktade att magin och illusionen skulle försvinna framför mina ögon.

Stenar, fjädrar och blommor omgav bilden av Jesus och hans arv på vägen till kärlek. Närvaron av Siddharta Gautama, Buddha, det underbara i att kunna uppnå medveten observation och total balans i mänsklig medvetenhet genom ditt eget medvetande. När du observerar dig själv kan du lära känna dig själv. Moder Tara, den *kvinnliga Buddhans visdom* och medkänsla. Shiva Kriya, som gav det högsta lärandet för mänskligheten i syfte att uppfylla sin uppgift, för att nå kosmiskt medvetande. Ett vackert porträtt av den älskade Kwan Yin, Gudinna för barmhärtighet och kärlek, som kan föra lågan av förståelse och medkänsla från hjärtat av Gud.

Krishna, som föddes i ett fängelse och hans läror om hur Gud måste inkarnera och visas i mörka och trånga fängelser i våra hjärtan så att vi kan få ljus och frihet. *Åh, ögonen brann och hjärtat öppnade sig.*

Lakshmi som dyrkas i Indien som gudinnan av rikedom och skönhet. Man tror att de som dyrkar henne omedelbart får lycka. Vanligtvis avbildas hon med sin partner Vishnu, han som erövrade mörkret. Hon är kanske den mest populära av alla de hinduiska gudarna och gudinnorna och utgör ett heligt uttryck för alla former av välstånd.

Slutligen fanns bilden av den store läraren Ramana Maharshi, en viktig person i hinduiska religionen, en av de mest kända i detta tjugonde århundrade. Han tillhör den adwaita vedanta läran (det finns inte själar och en Gud, utan själarna är snarare Gud). Kärnan i hans undervisning var atma - vichara, sökande efter själen.

Denna bild slog ned i mig som en blixt. Den var som en tidsmaskin. Nyligen när jag hade deltagit i en retreat i Costa Rica var hans foto placerat bland böcker, på ett sådant sätt att hans närvaro skulle tolkas som viktigt. Jag tittade på fotot så ofta jag kunde. Varje morgon och varje ögonblick jag var i tystnad förlorade jag mig i hans ögon och kom i kontakt med styrkan av hans stora, lugn och ödmjuka energi.

Jag visste aldrig vem han var. Vad som betydde något var vad mitt hjärta berättade i dessa stunder med honom. Senare frågade jag om hans existens och upptäckte en passage som har stannat i mig sedan dess: "Varför gör du dig upptagen med gudar som kommer och går? Har du inte märkt att mantras, ritualer och böner fungerar endast till en viss grad? Det kommer en tid när du behöver överge allt detta. Först när du har lämnat allt bakom dig, inklusive gudarna, uppnår du visionen utan början eller slut, visionen om det högsta väsendet. "

Här på ett altare i hemmet hos en främling fanns nästan alla bilder som jag kämpade med - det verkade som att en spion avslöjade mitt förflutna. Vem var jag? Vem var den här mannen? Var Mage involverad i allt som jag nu bevittnade?

Jag gick tillbaka till kuddarna, lutade min själ mot väggen, omtumlad. Det vilda vågiga håret dök upp som ångande vatten från örter och kyssar från jorden. Vi stannade i en obekväm tystnad. Jag kunde inte göra mycket. Jag kunde bara ge efter för mina dolda önskningar i mitt liv. Denna heliga plats full av gåtor välkomnade mig och denne man kunde tala från essensen utan att säga ett ord. Hans ögon var präglade i mitt liv.

I den tystnaden fanns det inget utrymme för någon fråga. Någon olämplig kommentar skulle ha stoppat denna underbara kontakt som det var omöjligt att sätta ord på. För en stund blev vårt gemensamma utrymme mer "tajt". Tiden mellan dessa två människor som delade vägen och himmel. Vi var två andar som endast med en blick förstod varandra och var oskiljaktiga. Kanske gömde sig tidigare liv i ljuset av de dansande levande ljusen, med Rumi som fortfarande väntade på Shams i Tabriz.

Från tid till annan, tittade jag på hans långa vågiga hår som lystes upp av ljuset och hans brunbrända hud. Han var som en oas för någon som törstar efter kärlek. När som helst skulle jag lägga till i hans hamn. Hans läppar var ett hav mitt i ett oväder och jag var rädd för att förlora mitt fartyg i denna storm. Plötsligt, öppnades taket, med utsikt till himlen, ljusen började flimra och tiden försvann. Bilderna kom till liv och jag kunde bara böja mitt huvud. Med en röst söt som honung, sade han till mig, "Mitt hjärta är ditt hem."

Han täckte mig med en silverfilt tryckt med stjärnor. Jag berättade historier för min själ för att kunna överleva. Rumi och Shams klättrade upp på taket med mig. Jag blundade och lade ner huvudet.

Jag visste inte varifrån, men Ordet Gud kom. Jag visste från den gudomliga närvaron i mitt arbete att allt måste göras med mycket glöd och respekt. Jag visste också att dörren till Gud var föräldrarna och vägen till Gud var partnern, i motsatserna, fullkomligheterna och speglingarna.

Mage och hennes läror ... Det var omöjligt att inte minnas henne i detta ögonblick mitt bland stjärnorna. Musiken, slöjor, altarna, stjärnorna och den älskade, ta mig nu i handen och gunga mig som vågor i havet. Jag förlorade mig själv. Jag överlämnade mig själv, för att lära mig att använda min egen magi. Förnimmelser av kärlek, skydd och livets spiral anslöt och jag kände mig lugnad av hans välsignade gungande rörelse i hans långa armar, för att lugna mina ben och mitt sinne.

Jag raderade tiden och transformerades till närvaro. Vågor av nya förnimmelser sköljde över mig. Jag försökte att inte bli överväldigad. Jag ville tillåta mig själv att bli bländad av att vara kvinna. Att experimentera med ett annat lugn bredvid min älskade. Snart skulle jag öppna alla portaler och känna enheten på en annan nivå.

Jag ville inte ifrågasätta mig själv för att nå sann andlighet. Jag kände till Guds boning på jorden. Det utrymme som han bebor mellan en kvinna och en man. Det var dags att ge upp hudens mysterium. Jag ägnade mig åt att tysta mig själv och kände min kropp förbereda sig för att nå det absoluta, utanför mig själv. Jag började känna hans hem, att han försäkrade mig var mitt hjärta fanns. Vi delade te, ibland från samma kopp. Jag ville ta en paus och fråga honom om innehållet i en sådan fantastisk brygd. Han skakade på huvudet, det var omöjligt att avslöja innehållet i en sådan tusenårig hemlighet. Jag insisterade med min nyfikenhet. Då delade han denna åtråvärda hemlighet, som jag var tvungen att behålla för mig själv.

"Innehållet i teet är baserad på vissa ingredienser direkt från arabländerna," förklarade han. "När kvinnor är redo att föda och ge liv, ges denna mirakulösa delikatess till dem som besöker den nya familjemedlemmen. Drycken görs i ordning av de äldre visa kvinnorna, alla delar den, smuttar för att firar den senaste födelsen. Jag kan inte avslöja ingredienserna just nu eftersom det vi dricker i detta ögonblick är en gåva från min egen mormor. Hon är kapabel att bota själar med denna brygd. Men jag kan försäkra dig att det innehåller muskot, kanel, ingefära, anis, söt klöver och vissa andra ingedienser som jag inte kommer ihåg."

Sedan tillade han, "Den viktigaste hemliga ingrediensen är bitar av livets träd, det enda som lyckas leva i öken och motstå hård natur och tid." Berättelsen tog mig. Jag längtade efter att träffa denna visa kvinna med magiska händer. Jag blundade och tackade henne, njöt av kvällen och dess hemligheter. Denna källa till livets ritualer.

Kärleken var nära, bara där för den som förtjänar den. Vi utbytte allt medan berättelser och förfäder korsade våra läppar. Sötman och ömheten var så erotisk att det var omöjligt att inte känna atmosfär, aromer och se tältet fullt av kuddar som väntade på vårt möte. Jag blundade och kunde uppleva allt. Jag upplevde hur detta ögonblick kom innanför min hud med dofter som tog mig med....

Jag lät hans andedräkt smeka mig. Det fanns ingenting i det dunkla levande ljuset som hans ögon inte kunde se, törstande efter mitt väsen.

Mycket försiktigt tog han bort slöjorna från en dörr som knappt syntes. Jag lät mig själv bäras in i hans armar.

Liggande i tältet av tusen och en natt, gled hans hand genom täcken av stjärnor och han kysste mig. Sedan gjorde han en mycket känslig paus för min själ och sade till mig: "Vila i ditt hem. Jag ska vänta på ditt hjärta."

Kan man bli berusad av kosmos? Känna gudomlig evighet? Vilande i nektar av hans närvaro, guidade jag honom med min händer och mina läppar till varje gömt hörn som borde utforskas av en annan än min egen hud. Musiken, rökelse och livets träd var vittnen till vad vi tillät hända. Ljuden ekade i templets väggar och spreds genom de levande ljusen.

Jag ville radera tid och rum och bara låta mig föras med. Då och då väckte själen mig och där var han tittande på mig och slickade mig med hela sitt hjärta. Hans ögon berättade att han ville ha varenda bit av vad jag var villig att erbjuda.

Drömmar och berättelser överföll mig, knackade på min dörr med avsikt att föra mig tillbaka till graven av mitt förflutna. Jag visste att den här mannen inte kunde ta bort mina tvivel eller mitt förflutna. Han väntade bara på att bli inbjuden att lära känna mig och att bli ett med Gud. Det var en natt av andligt andrum och detta tillät oss att omfamna hudens raseri. Vi gick samman. Njutningen åkallade det heliga ordet: enhet, att bli ett. Ordet som blev verklighet när vi var i allians av helhet, med helhet.

Jag var alldeles blöt och hade en eld i mig som han nu sökte ...

"Mörkret av ljuset"

Dag grydde. Det mjuka ljuset från solen täckte våra kroppar, fullt med glädje, glädjen av allt överflöd. Vi var inte samma personer längre. Natten hade arbetat med sin magi och vi hade varit en del av den.

Han lindade in mig i sina armar och ljuset glimmade i mina ögon. Han flyttade sig närmare, förde en klunk varmt te till min mun. Jag drack kärlek från denna magiska brygd. Samtidigt sade han: "Vattnet för ditt bad är redo."

Vilken härlig bana jag hade tagit, åtminstone fram till det ögonblicket, det kändes som vägen till solen, utan risk för att mina vingar skulle smälta. I varje ögonblick måste vi lära oss. Ju mer vi öppnar upp för möjligheten att känna seger, desto mer bör vi bli medvetna om möjligheten att lära av erfarenhet och vara ödmjuka när livets lärdomar för oss till nya insikter för ett fördjupat lärande. Från denna plats, kan vi känna kraftens djup.

Jag visste att jag alltid hade varit en speciell kvinna. Men att nu se mig själv i allt som jag alltid vetat att jag förtjänade, fick mig att känna mig konstig.

Han tog min hand och hjälpte mig upp och vi lämnade tältet av denna arabiska natt, som fortfarande höll lakanen varma. Allt hade sin arom.

När vi kom till badrummet såg jag att badkaret var fyllt med ångande vatten. Dess doft höll mig kvar i nattens sensualitet som hade eskorterat oss till soluppgången. Färgglada rosenblad flöt i vattnet som en konstnärs palett.

Det var inte en dröm. Det var verkligt. Här var väktaren av min själ och min kropp. Han hade ägnat sin tid och energi för att visa naturens resurser.

Han hjälpte mig långsamt att gå ner i det ljumna vattnet. Denna flytande vätska, essensen. Väl där, när jag kände mig avslappnad och helt lugn, blundade jag och lät mig flyta. En sultan från antiken kom långsamt närmare. Efter en raffinerad, blöt och långsam kyss, sade han: "Jag vill visa dig de märken som skapade vägen i mitt liv. Jag vill att du ska se dem i ljuset."

Jag höll mig tillbaka. Jag blev förvånad och förbryllad av denna begäran. Jag kunde inte röra mig, mycket mindre blinka.

Han tog av sig sin vita handduk och lät den falla till golvet. Då avslöjades de dunkla ärren som fanns på mer än sextio procent av hans hud. Hela högersidan visade en eld med dess intensiva värme som djupt hade bränt hans hud. Huden uppvisade en ovanlig färg, smält, skrynklig och vikt, evigt graverad av lågorna. Jag började reflektera över mig själv i honom, som om hans sår var mina.

Jag stirrade på honom, jag visste att jag letade i min egen kropp, den jag hade förkastat så många gånger. Alla motiv till detta var helt absurda. Jag förblev tyst.

Jag ville inte ingripa i ögonblicket med någon form av märklig kommentar eller fråga. Trots det vi upplevde tillsammans, var det svårt att inte känna medkänsla och tycka lite synd om min sagoboks riddare.

Det fanns inget utrymme för någonting. I absolut tystnad skannade jag av varje detalj på hans kropp Jag vågade inte säga ett ord. Han tittade på mig och förstod min tystnad.

Sedan kom min nästa lektion som skulle komma att kulminera och skaka min väg.

Han närmade sig badkaret nära mig, med mycket ömhet sa han, "Jag gillar den kärlek med vilken du lyckas titta på mig. Jag hoppas att du en dag ska känna samma medkänsla med dig själv."

Tystnaden blev nu min fiende.

Denna kommentar från min snälla man med sin rustning förkrossade mig utan nåd.

Han reste sig upp, hämtade den vita handduken från golvet och när hans själ var täckt, förberedde han sig att lämna badrummet. Ett sår som verkade för evigt öppnade sig. Jag kunde inte se vad det var som delat mig i två. Jag var förvånad för en stund. Men mina tankar och funderingar kom inte från utsidan. Mina tårar var de välbekanta törnrosorna som jag alltid hade försökt att undvika.

Det var sant. Jag kände medkänsla med alla andra, men inte med mig själv. Vad som just nu hänt var bara början på ett viktigt lärande. Förmåga att ge så mycket kärlek till andra lämnade mig alltid både med förkolnad hud och med förkolnat hjärta. Det kunde aldrig bli en ärlig kärlek om den inte startade med mig. Jag kände mig konstig i denna värld som jag inte kände så väl. Att bli medveten, att upphöra med att vara dum var läxan som jag var tvungen att träna med försiktighet. Allt nytt, eller allt återigen för att göra det annorlunda?

Många, långa minuter som gick satt jag i badkaret, här där kronbladen talar till mig med sin tysta skönhet. Jag reste mig upp för att hämta handduken som hängde på väggen nära badkaret. Jag tittade i spegeln på bilden av mitt ansikte, observerade mig själv under lång tid. Jag såg ansiktsuttrycket förändras om och om igen. Var det jag? Hur många av oss levde i en illusion istället för verklighet? Försiktigt började jag att ta in och beundra varje detalj av mig, som jag hade förkastat tidigare. Jag var tacksam mot min hud, mina ben och allt som hade med mina händer att göra. Jag lämnade badrummet och stirrade in i hans ögon och kände att vi båda hade tillgivenhet för varandras varelse. Vi omfamnade varandra under en lång tid i tystnad. Vi ärade utrymmet i respekt.

Riddaren med sitt hänsynslösa svärd skulle vänta på mig tills jag var redo att återvända. Det fanns ett deltagande i vår blick. Varje hand fann sin motsats med hjälp av tacksamhet och ärlighet för oss båda. Han tittade på mig med samma medkänsla som jag hade saknat och aldrig gett mig själv. I verkligheten är den kärlek som du inte känner till, mer skadlig än smärtan av din vanliga likgiltighet.

Jag gick till dörren och återigen kom jag i balans precis som livet självt. Jag kände att allt var i rätt flöde, allt hade gått samman med mig och jag kände att jag behövde pressa mig in i allt.

Nu var jag tvungen att gå vidare till *nästa steg*, för att avgöra vad som skulle förbli, fortsätta eller *avslutas*.

På väg tillbaka till det gamla huset hedrade fortfarande dimman landskapet. Morgondaggen hindrade ljuset från att stiga upp i bergen. Friden, lugnet och njutningen smyckade vägen för oss båda.

Vad var det som förändrades? Hur var det möjligt att allt förändrades? Frågor och fler frågor. Jag stoppade mig och sa: "Om något förändras, behöver jag inte veta vad det är eller hur, bara att det har förändrats."

Jag kände mig närmare mitt liv och dess kärl och mitt syfte som dök upp som en väckarklocka.

Om jag följde min erfarenhet av vad jag redan hade levat, skulle det leda mig till att lära känna mig själv mer. Genom att konfrontera mig själv på den mörkaste platsen, skulle det ge mig välsignad frid och få mig att känna mig full av liv och strävan.

Det som var viktigt hände redan inom mig och utan mig. Jag började uppskatta skillnaden mellan stormig kärlek jämfört med de mindre passionerade sådana. Jag började fira den man som hade märkt min själ och hud i så många år.

Allt passerade väldigt snabbt medan vi åkte tillbaka till det gamla huset. Det var oundvikligt att inte värdera och se balansen för att kunna påbörja en inre revision av vinsterna och förlusterna. Fanns det någonsin förluster?

Ordet "kärlek" började marschera inför mina ögon tills jag uppfattade dess verkliga innebörd. Det var omöjligt att inte räkna upp berättelserna som jag upprepat för mig själv så många gånger in till tristess. Än en gång, medan tiden gick och vi nådde huset, gick jag vilse i tankar från det förflutna och vad som var ... varför inte säga det? Helat.

Mannen, min följeslagare på resan. Denna "graverade själ" som jag ville kalla honom.

När vi träffades bar var och en av oss våra skilsmässor, uppbrott, överlåtelser, bedrägerier och ... *sluta räkna.*

Med två barn var, längtade vi efter att bygga en familj med hela vårt hjärta.

Vi smekte vår hud och våra själar genom att fräsande fira med het natt. Värd för den händelsen var inget mer och inget mindre än *ödet*, något som var omöjligt att förutse. Emellertid när kärleken drar dig i håret lämnar den inga alternativ och det finns inget annat att göra än att kapitulera för detta faktum. Det existentiella tomrummet gör sig närvarande och vi låtsas, desperat, fylla det från utsidan. Ändå finns det inget mer omöjligt än att förneka livets flöde och dess läror. Detta är det enda jag kunde leva och fortsätta leva från denna kärlek just nu. Idén om passionen har att göra med förmågan att varje dag upptäcka dig själv med den andra.

Den "graverade själen" hade hår så vitt som den kärlek som alla kvinnor vill för att nå ett tillstånd av renhet. Vi hade gjort vårt livs upptäckt, den största uppenbarelsen och transformation som jag hade levt som en kvinna, åtminstone fram till den tidpunkten.

Blint förälskade, full av öppningar och med önskningar började jag inse att denna kärlek var full av värdefulla gåvor.

Jag kom att tänka på min historia som ständigt upprepade sig, om vad jag lärt på distans, saker från hemmet, den dagliga rutinen med barnet som växte upp och som utövar känslomässig utpressning om och om igen för att överleva.

Livet och en tid som utlämnade oss i vårt byggande kunde endast åstadkommas genom obegränsad njutning i huden, utan själ. Sex, sex och sex. Vi övertalade oss själva till en tro att man bör älska den andre till varje pris. Vi insisterade båda med sådan perfektion som ingen av oss förstod. Vi försummade sanningen som fanns inuti var och en av oss, för att undvika att gå igenom det som var nödvändigt i vår relation. Lamslagna av allt började vi krypa, mer och mer förvirrade och med risken för att falla ytterligare och längre ner. På så sätt kom vi att titta i varandras ögon nu och då. Efter eufori, förolämpningar, smärta och brist på respekt hamnade vi i att älska igen för att ta från huden vad som kunde gå förlorat när som helst. Efter detta emotionella barbari tittade vi på varandra så förlorade och i smärta. Vi beklagade all galenskap, förlät varandra genom att ge skuld. Vi blev värdelösa och ändå kallade vi detta "den största kärleken på jorden."

Våra aktiviteter, jobb och relationer med familj och vänner blev allt farligare. Ingenting hade mening längre och raseri var följeslagare till oss båda.

Vi fortsatte att isolera oss långsamt med ursäkten att skydda våra rädslor. Allting började tyglas och bli mycket smalt. Lidandet från en relation full av misstro och otrygghet slutade genom att vi försökte ta kontroll över vår resa. Jag var alltid en kvinna benägen att vara otrogen, illojal och klagande. Frågan jag ställde mig var alltid: Vad skulle göra mig glad? Jag visste att ingen man som skulle vilja dela sitt liv med mig, skulle vara tillräcklig. Jag var aldrig lojal mot ett sådant engagemang som en relation var. På så sätt säkrade jag avståndet som hindrade mig från att lära känna kärleken och dess stigar. Att vara en förrädare var en bra ursäkt för att känna mig själv som en invalid. Vad jag tolererade minst om mig själv var två saker: det första att jag ser mig själv avslöjad om och om igen i det som jag hade velat göra och det andra att jag ser mig själv som ett offer för mina egna handlingar. Jag skulle växla mellan att söka och döma. Detta var grunden för min projektion varje gång jag sökte efter den kärlek som ännu inte var i mig.

Kvinnor är inte monogama och män vet det. Vår inre styrka är underbar och så kraftfull. Innan vi använder den i sin fullo behöver vi *övertyga* oss om att vi är offer för allt som händer runt omkring oss, inklusive allt inom hjärtat. Vi gillar män med kraft och männen är fascinerade av kvinnor med självkännedom, vishet, riktning och mest av allt, mycket feminina kvaliteter. Men genom att leva i en permanent tomhet vet vi inte hur man ser skillnad mellan att älska helt eller vara fri. Vi föredrar att göra våra män ansvariga för all olycka som vi i hela vårt liv har skaffat oss. Vi blir glada att se hur män konfronterar varandra om ett territorium eller om en kvinna. Vi anser att det är en sensuell och förförisk handling. Vi gillar att älska med dem, om vi måste fejka en orgasm så gör vi det. Vi lämnas med en helt tom själ, men får mannen att tro att han har gjort oss väldigt glada. Men sanningen är att vi vill ha hanens sperma för att göra honom till vår egendom så att ingen annan hona kan ha honom.

Det är bättre att slita ut honom så han blir försvagad även om han går till en annan kvinna.

Jag mediterar på djupet. Jag besöker mina mormödrar på ett annat plan
av existens. Kraftfulla kvinnor, vackra och bördiga. Jag tycker om att känna att
de var stora förförerskor och önskade kvinnor. Jag har aldrig trott att livet handlat om att sitta med en stickning i en gungstol och titta på solnedgången med ett lamms ögon.

Varje kvinna har en enorm kraft.

Verkligt intelligenta kvinnor slutar aldrig älska i alla dess former.

Vi har två hjärtan, det feminina och maskulina. Har vi denna energi integrerad förbinder den oss med vår inre kraft, som även i krig lugnar den mest våldsamma mannen. Människan strävar efter externa krig eftersom de ofta ignorerar de inre.

Kvinnan lugnar de externa krigen, eftersom hon vet om de inre. Att ha kunskap om de båda hjärtana hindrar "the spirit" att torka ut. Kvinnor lär sig vad livet vill, förstå
den bördiga jorden och dess frön. De förnekar sökandet efter makt genom att använda sina barn för att få skönhet och evig

ungdom. Kvinnan som vet hur man ska vara en kvinna överger häxan i sig som strävar efter makt och förvandlas till en Mage eftersom hon känner sin egen makt. Mage är i stånd att älska alla kvinnor, unga och gamla. De måste uppleva en omvandling av kunskap för att förstå att det finns viss makt och kraft som kan återgå till att skada dem. Från denna punkt inträffar den stora omvandlingen på vägen mot Mage.

Jag hade velat vara den perfekta kvinnan i ett olyckligt förhållande. Jag ville försöka vara den hängivna och självuppoffrande kvinnan som jag aldrig skulle kunna bli.

På den tiden, gick jag tillbaka tusen gånger för att spela samma sårade och tillmötesgående flicka med mannen som jag trodde jag älskade. I varje förnyad passage tyckte jag om att testa formeln för det okända genom att motstå att göra rätt sak, även om lyckan inte var på min sida. Jag hade redan blivit sårad tillräckligt länge och den här gången skulle jag föra mitt hjärta till den punkt där jag återigen kunde bli
som en trasa, så länge jag bara kunde hålla mitt förhållande. Denna envisa kärlek som aldrig skulle dö, eftersom vi föredrar att lida. Jag måste erkänna att de skador som jag tillfogade mig vid olika tillfällen inte gör mig till ett helgon.

Jag började än en gång slå följe med Stockholmssyndromet. "Tack och lov för att det finns en definition på dessa relationer, som några av oss utvecklar med oss själva och våra så kallade älskade. Den unionen bygger på en långsam fåfänga och förlust och är mycket osäker."

Det är krävande och svårt att förstå att den här typen av beroende inte ger någon form av växt tillsammans. Missbruk, kontrollerande, kapabel att bryta med din själ, representerar varken passionen eller kärlek. Det är bara galenskap.

Vi började separera i etapper, växtfeber blir rutin i våra liv. Varje månad, varje vecka, ackumulerade förhållandet till mer olycka. Den känslomässiga utmattningen ökade med fler och fler cirklar, så totalt ohållbart. Allt fick stora konsekvenser för våra nära och kära, våra barn, som bevittnade vårt kaotiska beteende. Trots detta skapade vi nya formler av respektlöshet, med en växande misstro, som börjat omvandla det hela till något mycket farligt. Likafullt tyckte jag detta var kärlek och trodde att våra liv när som helst skulle komma att förändras. Jag trodde fortfarande på något mirakulöst, så oansvarigt att be om att något skulle lösas, medan jag kastade mig i in tröghet och brist på beslut.

"Jag hatar dig" hördes oftare än något annat entusiastiskt uttryck och på detta sätt fylldes den dagliga repertoaren med aggression och övergrepp. Vi kunde inte kommunicera, än mindre ge varandra kärlek. Svartsjuka och ömsesidig konkurrens förde oss nära självdestruktion. Många gånger tänkte jag på att radera honom men något i mig sa sanningen, "Du är precis som honom." De kontinuerliga kriserna och felen blev alltmer oändliga.

Jag började känna mig utmattad och förlorade viljan att leva. Jag kände skräck att han skulle skapa något bakhåll så jag blev den som verkade "opålitlig" och att jag aldrig skulle kunna bevisa motsatsen. Jag slutade ta hand om mina grundläggande behov i mitt eget liv.

Jag önskade att telefon inte skulle ringa. Jag började stänga in mig själv inne i mig, övergav mitt arbete lite i taget och oundvikligen fängslade jag mig i min egen historia. Som så många kvinnor hade jag uppfunnit en asyl så jag kunde begränsa mig och ändå säga att *jag älskade intensivt.*

Förhållandet hade alltför länge hängt på en lös tråd. Det slutade också genom att den bröts vid den tunnaste delen. Under upplösningsprocessen i den känslomässiga gungning som vi etablerat sökte vi professionell hjälp, men vi visste inte hur vi skulle ta emot och acceptera det. Tyvärr kom vi till slutsatsen att vi inte skulle kunna existera utan smärta. Vi var beroende av detta fruktansvärda fenomen som kallas lidande, en slags narkotika som gör att du känner liv, utan att någonsin låta dig veta vad livet handlar om.

Allt vi gjorde för varandra var att påminna oss själva, konsekvent, om förmågan att uthärda ett liv i evig kollaps. På så sätt kom vi till det faktum att det i varje adjö fanns möjligheten att någon annan skulle komma in och rädda oss från vad vi var och en genomlevde. Precis det skedde i slutet. Efter en försiktig tid av tystnad och avstånd hade vi båda skapat andra samtidiga relationer för att upprätthålla våra liv och undanhålla den ilska, sorg och vetskapen om att vi hade misslyckats med att försöka växa och hålla vad vi både längtade efter.

När relationen inte fungerade, på ett eller annat sätt, skulle vi återigen rida upp-och nedgångar av galenskap. Ingenting tycktes ha ett slut. Återvändande fick ett nytt försök, det sista, där jag beslutade mig att företa en riktning som äntligen skulle ta mig ur hålet som jag hade grävt för mig själv.

Från vetskapen om smärtan i vad jag måste göra skulle jag be honom att försöka en gång till, men denna gång skulle jag vara väldigt medveten om mina behov. Jag ville vara äkta med mig själv, även om möjligheten att vara glad och spontan framför honom fortsatte skapade skräck inom mig.

Jag insåg nu att jag hade panik över att vara ensam även när jag var med honom. Detta var mitt första steg i att känna igen min rädsla och vad jag ville få ut av en partner, min rädsla för ensamhet hade inget slut.

Jag erkände i djupet av mig själv min egen svartsjuka, fylld med en flyktig neuros. Min egen osäkerhet och misstro förstörde min önskan om partnerskap, det som skulle kunna kallas ett "förhållande".

Samtidigt, nu i skrivandets stund måste jag erkänna att allt detta har varit en av de bästa upplevelserna på min resa i mitt liv, trots den smärta som den har orsakat. Jag öppnade en damm så att vattnet kunde svämma över och skapa nya kanaler för att allt skulle få möjlighet att flyta igen. Smärta var inte ett alternativ i kärlek, men jag var tvungen att känna den för att lära mig det. Lidande är inte nödvändigt, vi måste överge det, med tanke på att det inte leder oss någonstans. Jag lärde mig att jag kunde stanna kvar på obestämd tid i en kärlek som var dysfunktionell. En stor del av mitt liv har jag valt alternativen krig, grymhet, respektlöshet och våld som om alla dessa saker var bevis på kärlek. Nu vet jag att det inte är så, det kan vara helt annorlunda.

Jag minns den tiden och jag kan inget annat säga än, "Tack". En djup känsla av lättnad infinner sig. Våra liv var på gränsen till galenskap. Det är bra att se över sin berättelse så ofta som det är nödvändigt, för att uppleva den utan vredes-utbrott så att du kan tillåta det som ska manifesteras att blomstra. Genom att erkänna vad det var, hur det var, agerar vi med största möjliga ansvar för våra liv. Detta måste ha fö-reträde framför all annan smärta, endast genom att gå igenom allt igen kan vi känna lättnad och mest av allt, undvika att ta samma steg igen. Kamp eller att förneka allt är tvärtom den perfekta formeln för att fortsätta binda oss mer och mer vid smärta. Den smärtan har effekten av ett osynligt elastiskt band, ju mer du drar, desto mer bunden förblir du. Det är den typiska kommentaren "Jag hatar dig, lämna mig inte."

Varje gång som jag undersöker denna del av min historia från mitt hjärta ser jag mig själv i tiden som flickan som ville växa och lära, men visste inte hur man skulle göra. Min störs-ta uppgift nu är att älska och omvandla mig med respekt och värdighet, med uthållighet och entusiasm och med ett per-manent fokus på det som jag önskar. Många saker hjälpte mig att förstå de skäl som gjorde att jag hittade mig själv i en kärlek som denna, men jag kommer alltid att ha mitt hjärta öppet att veta att jag var ansvarig för det som hände. Det är det enda som garanterar mig att få och behålla ett tacksamt hjärta.

När jag besöker någon stad och sitter i parken där barnen är totalt fokuserade i sin lek tänker jag att vi båda kunde ha varit kvar där för evigt och kämpat för en leksak eller väntat på ett erkännande från den andre för någon gärning.

Nu som en vuxen och mogen kvinna kan jag se dem på avstånd och ibland, om jag vill, ge dem godis och försöka krama dem så att de inte behöver fortsätta sina krig.

Idag tackar jag de män som jag kunde älska och dem som jag inte kunde älska för så många historier som jag levt. Jag tackar även dem som jag fortfarande inte förstår, som fortsätter att gå med på min väg. När jag minns mina män älskar jag dem alla djupt, precis som de är, som de var i sitt väsen och vad det än var. Var och en på det sätt de kunde, fick mig att lära känna mig själv mer, till att bli den jag är idag.

Var de än är och särskilt till dig, tack för alla dagar som vi delade. Till dem som jag inte minns och kan ha sårat, säger jag,

"Jag ber om ursäkt för det som hände."

Som vuxna är vi nu ansvariga och var och en av oss kan ta alternativa vägar, så annorlunda från kampen och förödelsen.

"Energi flyttar sig tack vare energin"

Jag lärde mig från Mage att konsekvenserna är exakt desamma oavsett om två personer är förbundna av kärlek, eller tvärtom. Att generera goda tankar om andra var inte något nytt för mig. Men att kunna förstå energi, känna det i dess sanna "space" och dimension oavsett goda eller onda tankar har varit en av de saker som har gjort mig mer försiktig och framförallt, mer respektfull. Ingen förändrar ödet, än mindre en annan person.

Energi som kommer under ordet "kärlek" kan vi inte förstå och det är helt omöjligt att tro att vi kunde fånga kärleken för eget bruk. Genom att helt enkelt öppna fönstren för själen, tar den universella sammankopplingen hand om allt i perfekt synkronisitet.

Inför denna sanning måste vi överge utrymmet för klagomål, det existerar inte längre. Det är meningslöst att säga, "Ge mig tillbaka alla kyssar som jag gav dig." När det är dags för oss att leva det, manifesteras det.

En av de största lärdomarna från Mage hade att göra med kraften av energi. Jag hade knappt lärt mig eller blivit initierad förrän jag insåg att majoriteten av alla saker inte har en förklaring. Förståelsen utifrån vetenskap stannar ofta kvar i tvivel, eftersom ny kunskap hela tiden visar annat än det som tidigare upptäcktes. Uppvaknandet av medvetandet, mer än energi i sig, är en vetenskap med lite grund på jorden. Alla behöver leva vad som kommer i deras väg och inför detta, finns det ingen möjlig förklaring.

I Sydamerika finns en ursprungsbefolkning vars konflikter löses på ett sätt som verkar väldigt konstigt för oss. När det är krig mellan samhällen måste krigarna vänta på ödet för dem som de skadat eller dödat. Samhällets medlemmar högre upp i hierarkin ger en plats till förövaren eller angriparen. Han förblir i samhället med det enda privilegiet att vara stilla-liggande i en hängmatta tills stammen vet vad som händer med deras offer eller skadade. Om offret, som har blivit sårad dör finns det två möjligheter. Det första är att hänga kroppen från ett träd i mitten av djungeln och vänta på att maskar ska sluka hans kropp. Det andra alternativet är att kremera kroppen av offret i en sorgsen ritual. Vanligtvis sker den senare ritualen.

Det som slog mig mest med denna historia är att mannen som väntar i hängmattan, alltid får indikationer på vad samhället är på väg att besluta. Om offret hängs från ett träd i djungeln betraktas det som hämnd för det som hände och som förolämpade stammen. Mannen som väntar i hängmattan ska då börja hosta maskar från munnen, inte långt efter att den avlidna upplever samma sak i sin livlösa kropp, tills det är färdigt. Om kremering sker ska den lugnt väntande krigaren vid tiden för kremeringen under många dagar börjar kasta aska ur sin mun, oförmögen att göra något annat.

Det betyder att ödet för en människa är sammankopplat med ett annat. Vad som händer med någon kommer att vara densamma för den andra. Krigaren som vill bevara liv hedrar sitt offer på något sätt. Offret kan inte finna frid förrän han ses eller äras av sin gärningsman eller mördare. På energetisk nivå avgörs allt.

Denna historia som delas och överförs av Mage fick mig att många gånger tänka på hur viktigt det är att bli medvetna om olika nivåer. Allt kommer verkligen att sammanföras i ett kraftfullt fält med varje person som vi tänker på, eller som fortfarande tänker på oss varje dag, långt bortom vad som är fysiskt. Den största illusion som människan har är tron att vi är separerade.

Kärlek är en sammanslutning av tankar. Svårt att tro.

Varje gryning med Mage var en sedvanlig ritual där vi tog detta till vårt medvetande. Nittio minuter före soluppgången är den tid då kosmos ger oss en inspirationskälla att vara kreativa. Allt vaknar med sådan kraft och vi lyfts med det som är nytt och återföds tillsammans med universum. Stenarna har de flesta samtal sinsemellan och vi respekterar det, i var och en av dem finner vi en vis vila. I det ögonblick när vi andas djupt, med känslan av att vårt hjärta klarar av att le, höjer vi en bön till alla våra nära och kära - de som fortfarande finns i detta plan, de som redan har bestämt sig för att lämna och de nya som kommer. Orden skapar tacksamhet för vår kropp varje morgon med organ och celler samt för jorden som håller oss, lärandet och dagen som ännu inte kommit.

Hjärtat omfamnar "the spirit". Att leva i harmoni säkerställer kontakten med den högste, med universum. Kroppen känns befriande, de dagliga sysslorna slutar vara så tunga och vi börjar känna varför vi är tillbaka i denna "omgång" av livet. Inget av detta kan vi åstadkomma ensamma. Alla människor, även om vi inte vet eller inte är medvetna om det, är förbundna på ett eller annat sätt. Vi kommer hit för att bli "pushade" eller "pusha" andra så att vi alla kommer fram. Detta är hur jag lärde mig, att aldrig underskatta någon som gick framför mig. *La Maga och hennes arv.*

Därför behöver vi se till och ta ansvar för vad som är gjort och konsekvenserna av detta, en tuff väg som leder till växt. Skuld, eller att låtsas vara distraherad hjälper inte mycket, det ger bara värre konsekvenser för kommande dag.

Varje person som väljer vägen av medvetande får möjligheten att öppna sina ögon för den kunskap som det inte finns någon väg tillbaka från. När vi tar bort vår slöja, kan vi konfrontera den mörkaste delen av oss själva och det finns inget annat att göra än att fortsätta med den plan som vi en gång spårat för oss själva. Mage talade tydligt,

"Livet är en mycket allvarlig sak som alltid kräver en mycket speciell styrka. Den som vet detta och väljer detta livet, måste veta att det inte finns någon möjlighet att vända tillbaka. Varje nytt steg kommer att vara mer krävande, för att nya nivåer av medvetande ska kunna öppnas och avtäckas."

Om detta skulle skrivas i en annons skulle det stå så här: "Söker människor med styrka i hjärtat. De med svaga själar gör er inte besvär att svara." Energi väljer alltid den som finner vägen och den som förblir i rörelse. Ingen kan ta ifrån en annan person detta. Energi rör sig först inom oss och därefter kommer vi att kunna ta emot den i tystnad, med respekt. Ljuset vi finner inom oss är lyktstolparna som vi hittar och använder för att undvika att hela tiden snubbla på den tilldelade vägen.

"Välkommen alla"

Tillbaka i det gamla huset gick jag genom hallen till mitt rum. Det var fortfarande tidigt. Mitt våta hår lyste i dagsljuset. Några människor vandrade genom trädgårdarna runt huset. Men blommorna och landskapet behövde inte bevittnas för att märkas. Jag omslöt mig själv och lugnare började jag känna de inre förändringarna. Det var svårt att hitta en talande beskrivning. Jag ville bara ha tystnad.

Från en virvelvind av tankar till lugnet i en strömmande flod började jag leva i bilder av löv som dansade nedströms. Alla åtföljde varandra, ingen ifrågasatte dess dolda kraft. De övergav aldrig sig själva. Överlämnandet och flödet transformerades till ren och levande luft. Jag var ett litet löv och jag log och följde allt genom livet.

Jag återvände till mig själv efter att ha flutit genom kanalerna med nya möjligheter.

Jag hade en ledig dag och jag kunde göra vad jag önskade. Min närvaro med Mage och hennes aktiviteter var inte nödvändig. Jag kände mig tacksam av att ha utrymme att kunna vara i stillhet och frihet, efter vad jag hade upplevt föregående kväll med min riddare.

Vilken transformation jag hade vågat leva. Jag gick omkring större delen av morgonen, gick igenom och undersökte varje hörn runt det gamla huset, till synes nyrenoverat. Mina bara fötter i gräset var en gåva till jorden i stor tacksamhet. Definitivt fanns det en skillnad, en stor skillnad i mig. Det var nästan lunchtid och solen var het i landskapet. Jag gillade vädret och värmen i mitt ansikte. En idé landade mellan mina ögonbryn. Jag gillade föreställningen som nu omringade mig. Jag lät den väcka mig tills jag kände dess övertalning. Det hade varit längesedan jag ätit lunch. Bestämd och fylld med entusiastisk beslutssamhet gick jag upp till mitt rum och hämtade min plånbok.

Idag skulle jag bjuda in mig själv till lunch.

Det fanns en liten stad några kilometer bort och jag ville njuta av mitt eget sällskap. På detta sätt såg jag möjligheten att vara med mig själv för en kort stund. Det fanns inget mer magiskt än att vara sin egen följeslagare på vägen. Idag ville jag inte vara med människor som kunde påskynda vad jag behövde komma i kontakt med. Idag var mitt liv mitt. Jag njöt av mitt sällskap och jag hade lärt mig att vara med mig själv. Efter en lång promenad på vägen som ledde mig till den lilla staden blev det tydligare vad jag behövde och önskade mig. Lokalbefolkningen tittade konstigt på mig, kände min turistdoft. Jag föreställde mig att det sätt som jag klädde mig väckte uppmärksamhet. Mina färger följde mig och var mycket levande och de var omöjliga att ignorera. Jag gick mycket lugnt och observerade varje sak som jag passerade. Små butiker längs en smal gata, där allt var färskt utanför med frihet och färg. Blommorna fortsatte att ta priset denna säsong. När jag såg dem jublade jag i mitt inre. Vid slutet av den smala gatan, direkt till höger, såg jag en plats där jag ville sätta mig ner. Det var en plats med små bord på utsidan, en plats att fira fest i närvaron av solen.

Jag stannade vid ingången där man läser menyn. Jag gillar lokala val och rätter. Ingen kom för att välkomna mig. Jag gick in och hittade ett bra bord under ett färgglatt parasoll. Jag gillade att titta på folk som gick på gatan och föreställde mig deras berättelser och sagor. Kvinnor, män och barn passerade utan att märka min närvaro. Ändå kom de från föräldrar, precis som jag, med berättelser som nu förkroppsligades i deras liv och skapade daglig drivkraft att fortsätta gå. Vi tror att vi är speciella i denna värld, men i slutet är vi alla lika.

Bomullsduken på bordet var akvamarin och hade använts mycket lite. I mitten av bordet stod en liten vas, mycket delikat och full med vilda blommor. Jag kände mig inbjuden att räkna kronbladen på varje blomma. Han älskar mig, han älskar mig inte, han älskar mig, han älskar mig inte…. Nu älskade jag mig själv. Tiden passerade medan jag väntade på servitören och hans lunchförslag. Återigen kom en idé att förvandla min kväll till en ritual. Det var en bra dag för det. Jag kände mig helig i mitt eget sällskap. Jag såg inte så mycket utanför mig själv. Jag stannade inom mig och fortsatte att upptäcka den kärlek jag hade för mig själv.

Det fanns fyra stolar och jag skulle välja en för mig och de andra för var och en av mina gäster idag. Jag hade bestämt mig för att sätta "livet" på min högra sida. *Jag hade så mycket att dela med henne.* Till vänster satt en vacker och kraftfull, hedersgäst, "döden". Jag kände tacksamheten från henne av att ha blivit inbjuden och placerats på min väg. På den sista stolen framför mig, tillät jag mig själv att sätta "kärleken", den som har lärt mig den heligaste sak, nu var min ritual fullständig.

Vi startade en dialog för att bestämma vad som skulle vara bra att lägga till vid ett sådant magiskt ögonblick. Samtalet var verkligt. Vi pratade om mitt lärande och min önskan att förstå sanning. Alla hade något att bidra med. Det var jag som bestämde hur och var jag skulle växa. Rädsla tillåter oss att se livet i sitt sköra tillstånd. I sanning kan livet också vara fullt av allt det som är äkta och fullt av utmaningar.

Att möta mina rädslor skulle visa mig styrkan av den verkliga kraften i mig själv.

Sedan fi rade vi fyra existensen av balans. Vi upptäckte många ord såsom vishet, tro och tillväxt. Timmarna passerade och tystnaden talade. Mina ögon letade inuti mig där jag stängt dem. Jag levde och alla fi rade mig precis som jag gjorde med mig själv. Kanske först nu när jag kunde tala om kärlek, kunde jag stanna i tystnad, kärleksfullt. Mellan grönsaker och aromatiska vatten av lokala örter hade showen passerat förbi. En läcker äppelpaj avslutade denna juvel, vår dag, för vilken jag var evigt tacksam.

Bergen i scenen visade sin glädje, träden talade om den tid som närmade sig, vad som kunde och borde öppna sig för mig.

Jag var redo att återvända till huset och prata med Mage. För att vara ärlig mot mig själv skulle jag kunna ha en konversation som ledde mig till att förstå vad jag ville ha från henne.

"Vad du söker, söker också dig"

Jag kunde inte hitta Mage. Väl tillbaka vid huset hade jag frågat efter henne i nästan två timmar och ingen hade något svar till mig. Även i hennes fysiska frånvaro hade jag lärt mig att hon existerade bortom den synliga världen. Inte en enkel sak att förstå för många. Utan att titta på dig, såg hon på dig. Hon lyssnade på allt bakom murarna från hennes okända dimension. När du kunde hitta henne, det första hon frågade dig var exakt det som du gömt för dig själv. Hon ville inte ge dig en paus. Hon var alltid där med dig.

Nästan ett dygn hade gått sedan mitt möte med sultanen av drömmar. Jag tänkte på honom och vad han skulle kunna göra nu. Jag kände mig fysiskt trött av allt som jag hade upplevt. Det kändes konstigt att inte kunna hitta Mage. Denna process fick mig att känna mig mer andlig än någonsin. En medvetenhet kompletterad med en tystnad som guidade mig och talade till mig. Någonting hade hänt och jag vågade inte förutse min framtid. *Maga*, är du där?

Från läror kom jag ihåg något. När "the spirit" utvecklas på något sätt genom medvetandet, behöver kroppen gå igenom någon form av expansion, en sann transformation. Medvetandet expanderar och som en konsekvens expanderar också det sakrala kärlet. Mer viljestyrka, mer vitalitet, mer ansvar. Ett utrymme eller behållare behövs som kan hålla alla dessa nya energier. Något sa mig att jag var tvungen att betala för resan jag hade rest. Ingenting var gratis, särskilt inte de processer som fått oss att växa inom oss. Jag var tvungen att vara uppmärksam på vad som skulle efterfrågas av mig, i utbyte mot denna nu slutförda transformation.

Varje gång jag fått denna typ av kunskap hade jag förnimmelsen av att jag inte kunde kontrollera de icke-materiella världar som jag trott. Det var helt enkelt bara genom att vara där. Det fick mig att känna lättnad i mitt kärl. Det kunde inte vara på något annat sätt.

I kloka ord evigt uttryckt av Mage, "vad du söker, söker också dig," som har den underbara dolda innebörden: "Du letade efter mig när jag hittade dig."

Än en gång kände jag att det jag lärt skulle ta mig till en ny dimension som jag inte kände till. Ingen överraskning här. Jag andades och upprepade för mig själv botemedlet, ordet "lugn", medan jag stannade alert. Gör det inte på samma sätt, utan lev igenom det och ändra det. Ännu djupare, så skrämmande. Det bästa sättet att minska symptom är att försöka integrera initieringen i tiden, tillsammans med de nya insikterna. När vi lärt oss något nytt så borde vi göra något. En nödvändig förutsättning när vi vill få healing är att hela oss själva.

För det heliga kärlet var det inte klokt att längre hålla så mycket energi. Efter vad vi lärt, var det viktigt att ta en paus, så att vi senare kunde göra något med det. Det var inte lämpligt att hänga fast vid lärandet, än mindre plagiera det. Att läka var att agera. En annons kan säga det så här: "Jag söker människor som övar innan predikan."

Jag kände att min kropp var lite svullen. Jag kunde märka det i min händer och fötter. Mina ringar satt tätt på mina fingrar. En lätt huvudvärk och halsont var en signal på vad som var nära förestående. Mina försvar var låga, så många känslor på en sådan kort tid hade gjort mig sjuk. Jag insåg det och nu var det för sent. Jag saknade intelligens att hantera det och ta en paus.

Jag hade ryckts med i en längtan att växa upp som jag önskat. Jag var nu tvungen att dra mig tillbaka för att vara med mig själv och vad som skulle komma. Jag var medveten om detta. En energisk process som kallas sjukdom tar oss ur cirkulation för en stund, för att ge kroppen lite tid att tillgodogöra sig och för själen att avgöra nästa dags resa. Allt med mer eller mindre styrka och det var mitt nästa steg. Jag var i min säng och stirrade ut genom fönstret till terrassen. Jag ville inte ens tänka. Jag virade in mig i filtar som i en livmoder som skulle se mig bli född på nytt. I mörkret väntade jag på den process som skulle ta mig till vad som var nytt. Min själ och kropp gjorde ont.

I sängen observerade jag taknocken som skyddade mig. Jag kände mig kall och rädd. Jag ville inte göra något och jag kunde inte röra mig. Allt gjorde ont och jag fungerade inte. Ett uråldrigt rop grep mig. Tusentals tårar flödade från mina ögon, utan att jag visste varför. Det var en transformation. Jag lyckades att lyssna på fåglarna i fjärran, vinden och luften som aldrig upphört. Mina sinnen expanderade för att nå det otänkbara. "Jag dör," var frasen jag upprepade i oändlighet.

Jag vågade vara stark och försökte titta på saker så tydligt som möjligt. Jag tillät mig själv att känna den process som tog mig till en okänd plats. Jag lyssnade på förfädernas håligheter inom mig, snäckskal fulla av hav, oförmögen att bli åtskilda. Min kropp var en gren av ett träd som var tvungen att böja sig i tystnad inför stormen. Smärtan i mina ben var outhärdlig, jag kände dem dela på sig och ändå var jag fortfarande hel. Min själ skrek till min "spirit" att den inte borde glömma sin kropp. Jag ville återfödas. *Maga*, är du där?

Jag kunde inte se någonting. Allt var mycket mörkt, förvirrande.

Vad gjorde jag här? Vem var jag? Varför gjorde ingen något där jag var? Varför fick jag inte längre hitta min tillflykt till någon annan människa? Aldrig mer skulle jag använda någon för att gömma mig från mig själv.

Jag blundade och observerade alltsammans. Det var min skugga som gick om natten. Jag vandrade mellan kosmos och min kropp. Var lugn. Jag var modig och sökte styrka.

Jag överlämnade mig. Tystnad.

Plötsligt öppnades dörren. Långt borta i halvmörkret tyckte jag mig se silhuetten av Mage. Till slut kände jag igen platsen, paralyserad och förlamad. Luften var mycket kall. Var det bara min fantasi, eller var detta verklighet? Hon stod stilla och tittade på mig och jag var full av panik. Hennes tystnad ljöd i mig och jag ville skrika.

Utan att veta vad jag skulle göra, med så lite styrka och knappt någon vilja såg jag henne och visade henne min ödmjukhet. Jag var bräcklig och ville prata, trots att jag inte hade några ord. Så småningom gick hon mot mig och kom närmare. Hon höll mitt huvud i sina händer och jag uppfattade hennes mycket speciella doft.

På samma tysta plats fick hon, med sitt kroppsspråk och gester, mig att inse att jag var tvungen att öppna min mun för att acceptera det hon ville att jag skulle svälja. En varm vätska nådde mina läppar och min tunga, den blev alltmer bitter när den kom in i min kropp. Ju mer jag försökte ta mig bort från mig själv och en sådan hemsk soppa desto starkare blev den inom mig. Jag lugnade mig själv och lät botemedlet fylla mina tarmar och omedelbart kände jag att jag borde vara tacksam.

Även om jag inte förstod det, i denna tystnad var jag mer bekväm. Jag kommunicerade med henne utan arrogans. Jag gillade inte att säga något och på samma gång, säger det allt. Jag kände hennes medkänsla och en kärlek som kom från en plats som jag inte kände till. Långsamt, tog jag av mig alla mina kläder tills jag var naken. Jag kände att jag togs om hand, skyddades och älskades. Med styrka gned hon min kropp, varje del av den, med någon form av salva. Hennes händer rörde mig. Kommer hon bota mig eller kommer jag att läka mig själv? *Maga* ...

På ett ögonblick började jag känna hundratals små nålar som passerar igenom hela mig. Jag var mycket medveten om att jag inte borde slåss mot denna dimension som kändes som smärta. Dock var jag yr och hade svårt att andas.

Jag var i hennes händer och var tvungen att lita på dem. Det var i detta ögonblick som jag behövde lita på allt. Jag förstod inte det "space" jag var i. Jag kände att jag förvandlats så att allt blev trångt och smalt. Var jag utanför min kropp, eller var jag kanske död? Jag andades, blev lugn och kände tillit.

Efter att ha täckt mig med salvan, lindade hon mig in mig med tidningar. Jag måste ha haft en hel del feber, eftersom mina läppar brände och jag skakade med enorm styrka.

Det var en konstig känsla att se mig själv täckt i tidningar. Ändå började konstiga upplevelser ge en lättnad. Febern och svettningarna började lämna min kropp. Kan Mage bota mitt hjärta?

Kanske var hon redan inne och jobbade på mitt hjärta, sedan en lång tid. Nu placerade hon med ett stort lugn mina kläder ovanpå tidningarna. Under denna process med smärta, så svår att definiera, tror jag att jag kände hennes läp-

119

par på min panna. Jag kunde gråta och andas igen. Det gör ont att känna kärlek. Detta var en kärlek jag inte kände till. Moderlig, den högsta och magnifik. Jag kunde inte förklara den. Det var en fråga om att leva i den.

Plötsligt bröts tystnaden och hans röst kom från ljuset. Jag försökte lyssna men den var svår att uppmärksamma, eftersom jag blev chockad. Jag stannade uppmärksamt. Han talade i blåsljud. Jag kunde höra vissa saker. Det verkade som om någon religiös person såsom en munk i meditation, som ibland talade i lite fraser som var nästan omärkbara.

"Kämpa inte," sade han. "Jag är här för att prata med hela din varelse på alla plan," fortsatte han. "Din kropp är på väg att lära känna sin egen "spirit", försök vara ärlig mot dig själv så fort som möjligt. Förråd inte dig själv mer. Det förflutna hjälper bara dig att fortsätta på din resa om du har lärt dig din läxa. Var inte rädd, res bara vidare i alla evigheters evighet. "Walk".

Jag minns inte mer och jag måste ha svimmat eller blivit tokig. Jag mindes tydligt de få ord som jag kunde höra. Febern fortsatte och jag visste inte längre om det jag upplevt var verkligt eller en dröm. Jag var förvirrad.

När jag öppnade mina ögon var hon inte där, eller hade hon kanske aldrig varit där.

Vem gav mig botemedlet?

Vem lindade in mig i meddelanden?

Jag mindes igen vad jag hade hört från henne, eller från mig själv och skakningarna kom tillbaka, nästan så jag fick kramp.

Att älska med någon bryter med de själar som kom före. Låt din kropp fyllas med livet, gör den till en källa för evighet. Att gömma sig bakom sin hud kommer inte hjälpa dig, den som inte tackar sin kropp och inte tillfredsställer sin oändliga resa går förlorad. Universum kan ge dig möjligheter. Titta på dig själv med värdighet. När det är dags att öppna hjärtat, kommer du få full frihet att sprida dina vingar.

Jag såg henne på avstånd en gång till. Jag var försiktig med att tro på det overkliga för tillfället. Det var min egen längtan som visste att det var hon. Min önskan skapade hennes skugga flätad med min.

"Inget att göra, allt är gjort"

Ljusen från gryningen rörde mig lite i taget.

Jag minns vagt att jag vaknade mitt i en djup tystnad.

Allt var i ordning i mitt rum. Inget konstigt hände.

Jag satte mig gradvis upp. Jag var fortfarande yr och illa-mående.

Jag började inse att mina sinnen var annorlunda ... jag observerade med mer briljans. Jag uppfattade doften från lakanen. Jag kunde känna vinden när jag vaknade på morgonen.

Mitt hjärta sprack av så mycket kärlek, suckade, andades tacksamt och nästan dansande med mig. Jag upplevde en kärlek som jag aldrig förut kunnat skåda, vilken erfarenhet jag fått. Min kropp, fortfarande indränkt i svett, destillerad av sakralt vatten. Detta är hur jag upplevde det ...

När jag blev medveten om mitt heliga kärl, insåg jag att den fortfarande var insvept i tidningspapper. Jag började ta bort det lite i taget. När jag observerade datum tryckt på tidningarna, med bilder och ett språk som var främmande för mig, sade jag till mig själv, "gamla nyheter."

Allting stannar bakom mig.

Jag var väldigt törstig och hungrig och jag var vid liv. Jag erinrade mig den trans jag hade varit i. Jag kunde inte jämföra den med någon tidigare erfarenhet eller något liknande, inte ens den inre resan med de heliga växterna.

Mitt sinne vågade visa sig. Subtilt frågade jag mig själv på en annorlunda sätt.

Jag märkte att den nya grunden skulle bryta föreställningar om vad som skulle komma.

Jag skulle behöva vaka över mig. Känslan i mitt syfte var den viktigaste uppgiften och jag hade redan den viktigaste vetskapen i mig själv som ägare av mitt liv. Det var en fråga om att observera tålmodigt. "Förändringar är alltid underbara möjligheter," upprepade jag för mig själv i all oändlighet.

Entusiastisk, glad och tacksam tog jag av mig vad jag hade på mig. Helt naken var jag beredd att gå ut på terrassen. Jag tackade min ödmjuka boning som hade varit vittne till min önskan att växa och att läka. På avstånd märkte jag klädstreck nära huset. Dukar och vita lakan lät sig höras, som om de applåderade med vinden. Jag observerade det svaga skenet av de sista stjärnor och planeter som strax skulle döljas av dagsljuset. Jag kunde le och min själ kände en mycket unik glädje.

Jag accepterade gåvan med häpnad, när jag märkte att ljuden var klarare.

Nya ekon blandades med gamla och gjorde den perfekta symfonin. Piggare, observerade jag processen av att ha vaknat till en ny dimension. Varje daggdroppe gled in i min själ. Jag började njuta av doften från träden som bevittnat mig. Min kropp, i samklang med jorden, fick mig att se min egen essens.

Jag observerade kosmos som långsamt gryende. Storheten omslöt mig. Allt snurrade och nu var jag med det hela. Jag höll på att födas på nytt och det gjorde att jag inte förnekade expansionen och omfamningen.

Maga, är du där?

En förnöjsamhet infann sig. Jag ville brista ut i skratt utan att veta varför. Jag gillade att lyssna på mig själv.

De kloka stenarna var fuktiga och de små syrsorna gömde sig blyga för min lycka.

Jag var inte densamma. Jag skulle låta andra upptäcka mig när de kunde se sig själva i mig.

Jag kände att jag hade gått på en väg fylld med tystnad och lite förklaring. Jag behövde inte veta om kärlek, än mindre söka den, tigga om den, eller lida för den.

"Jag är allt som finns, bortom ord." Jag kände ljuset i mina armar, vilket slutade i vingar.

Ögonen var som fyrar som guidades inifrån. Jag lyssnade på havets vågor och en efter en, landade de in i mina stadiga fötter.

Jag kände expansionen. Jag hade smält ihop med universum.

Jag gjorde en resa på några sekunder genom att stänga mina ögon och känna att jag var i min moders livmoder. Det föreföll som om jag var ute bland stjärnor och allt som formade det stora universum.

Jag hade känslan av att vara hållen och såg himlen som om den täckte den heligaste sak som jag har, jorden som jag går på.

Att känna mig förtrogen med himlen och jämföra den med känslan av att vara inne i min mor, var en gåva.

Tiden för att stiga ned och fortsätta hade kommit. Tiden hade varit rättvis och snäll mot mig.

Jag ville springa och leta efter Mage, krama henne och berätta för henne i tystnad att allt var i ordning. Jag hade lärt min läxa. Jag rusade in i mitt rum och klädde mig med det som jag kunde hitta. Det enda som betydde något var att gå upp och hitta Mage.

Innan jag knackade på hennes dörr stannade jag. Jag pausade. Jag kände en enorm respekt för henne. Hennes plats och rum bör hållas heliga.

Jag repeterade i mitt huvud vad jag skulle säga. Jag var rastlös och lycklig. Jag ville dela alla mina erfarenheter med henne.

Jag knackade på hennes dörr fl era gånger, men ingen öppnade. Ingenting hände. Dock kunde jag höra ljud inne i rummet och jag kunde se ljuset från en lampa som hade lämnats på, trots dagsljus. *Maga* ...

Jag väntade under en tillräckligt lång tid. Så beslutade jag att ta en promenad nära skogen som omgav det gamla hus.

Maga, min Maga ... Var har du tagit vägen? Har du lämnat? Är du här? Maga? Jag gick och gick. *Maga.*

Jag väntade på att den faderliga solen skulle visa sig helt. Under mina fötter kunde jag känna ljudet av trummor i jorden.

Firandet av mina förfäder och en helig kraft som följde mig gjorde att dagen börjar, som ett extraordinärt party. *Maga* ..

Längs vägen, efter en lång promenad, plockade jag upp alla fjädrar av fåglar som var gåvor i form av tecken. Jag tänkte att jag skulle behålla dem och börja bygga mina egna vingar för dagen när det var min tur att fl yga. Jag ville ha ett par stora vingar, välbyggda av stigar och tecken, för att få en säker flygning.

Jag visste nu att jag inte kunde sluta. Fler vägar skulle medföra mer fjädrar och detta skulle vara en evig och säker flygning.

Jag återvände till det gamla huset och min resa de senaste dagarna. När jag gick in genom den vanliga dörren till frukosten märkte jag den underliga blick som alla gav mig.

Jag förstod inte vad som hände och det kändes obehagligt att hålla så mycket energi.

För ett ögonblick trodde jag till och med att jag fortfarande var naken och det var det som provocerade deras nyfikenhet.

Jag kollade försiktigt min klädsel om det skulle vara så, men nästan allt var dolt.

Jag log för mig själv.

I mina tysta tankar och framför så många konstiga blickar, sade jag till mig själv: "Vad kan de andra förstå om de processer som var och en av oss måste uppleva? Ingenting, absolut ingenting."

Så tystnad började bli min bästa ritual att lämna andra med sina egna svar.

Jag satt i soffan där jag kunde njuta av mitt morgonkaffe än en gång. I den mån man började prata om mig, kände jag glädje i att bara kunna observera. Jag njöt av det sätt på vilket de observerade mig, med respekt och tacksamhet för min existens denna morgon.

Jag avslutade mitt kaffe och var tacksam för det utrymme som de gav mig genom att inte ifrågasätta eller blanda sig med mig. Tystnaden som jag hyste lät mig ha den konversation med mig själv som jag var tvungen att ha.

Jag kände mindre behov att fi ghtas eller ångest för att fortsätta söka utanför mig själv.

Allt var fullständigt och tillhörde mångfald. Jag kände mig äntligen hemma. Det fanns ingen annan vackrare plats än min boning inne i mig.

Min egendom som blomstrade av magi och jag ville välkomna alla. Jag älskade mig själv för att kunna älska.

Jag vilade en stund i mitt rum efter promenaden och kaffet. Jag behövde lite lugn och ro, mer än något annat.

Där var det lättare för mig att generera medvetet liv. Jag tänkte inte längre så mycket på Mage. Allt transformerades minut för minut.

Jag gjorde mig redo att packa då jag visste att det var dags att avsluta allt som jag hade börjat.

Det var fortfarande arbete att göra under dagen och jag var medveten om att jag skulle vara bredvid Mage för att dela det som var den mest heliga för henne, hennes närvaro. Att upptäcka henne som något nytt var en utmaning.

Jag undersökte noggrant mitt bagage och dess innehåll, medan jag packade och insåg hur konstigt det kändes att titta på mina klänningar. Jag fick en känsla av att de inte var mina. Det kändes som om kläderna var lånade. Jag frågade mig själv var jag varit när jag köpt så många saker som nu inte var i närheten av skuggan av mitt ljus.

Jag var tvungen att skratta åt mig själv. Jag tog beslutet att behålla de mest grundläggande sakerna. Jag ville ha lätt och autentiskt bagage. Något som skulle tillåta mig att leva mitt liv.

Jag tänkte på riddaren och hans vapen av tatuering på min själ, min familj, mina barn.

Tiden slutade på ett annat sätt. Följeslagare av öden, resenärer på samma väg kommer om och om igen i många liv och sekvenser.

Det enda som saknades var att se Mage och stanna i tystnad i hennes närvaro och hennes väg.

Vacker kvinna, fylld med vishet, tålamod och stigar.

Upplevelsen av varje ögonblick gör att ingen bör eller kan ta det som du har levat ifrån dig.

Hjärtat öppnar upp för den som vill lära sig det som är sött och det som är salt i ett liv med värdighet.

Hon räknar med nya erfarenheter, vare sig de är bra eller inte så bra. "Det finns inga dåliga dagar, bara dagar av växt. "The healer of souls" är ditt namn, fylld med kraftfulla växter med frön som öppnar själen. De följer dig på sådden eftersom du vet om jorden och dess dimension. Se nu på stjärnorna, känn kylan som har förmåga att transportera dig till värme.

Lita på dina steg, uppfatta de vägar som du måste kristallisera. Det är dags. Det är dags att stänga för att öppna. Inkludera det arbete vi börjat för att fortsätta det engagemang som vi måste fortsätta.

Jag var redo att gå ner, med ett mycket lättare bagage. "Mitt arbete skulle nu vara min väg."

Jag tyckte om att lyssna till ljudet av halsband som jag bar. Jag kände att jag tog varje steg med tacksamhet. Det var dags att transkribera universum. Kunskap till den som vill ha magi.

En dörr öppnades och jag tackade Gud. Det fanns en helig tystnad. De väntade min ankomst med entusiasm.

Jorden var nöjd över att se sig själv som skyddad av ritualer i tacksamhet.

La Maga uppenbarade sig.

La Maga firade sin egen magi.

La Maga hade kommit.

La Maga som jag är nu.

Jag vill viska i ditt öra och kanske
du kommer att kunna höra mig.
Allt är alltid uttänkt i perfekta
sekvenser, en prick här, ett "space" där.
Kontakta prickarna och spåra det oförklarliga,
översätt språket som talar i tystnad.
Berättelserna föds, odlas, reproduceras
och omvandlas, de dör aldrig.
Sidorna som följer är vägen för dig.

Maga, är du där?

www.ingramcontent.com/pod-product-compliance
Lightning Source LLC
Chambersburg PA
CBHW051306250626
47155CB00009B/3456

* 9 781943 083138 *